好きなことだけやりきったら、
ロケットだって宇宙へ飛ぶはず！

小説 多動力

堀江貴文
TAKAFUMI HORIE

CONTENTS

プロローグ　007
第一話　変化する世界を、多動力で生きていく。　013
第二話　やりたくないコトはやらない、やりたいコトをどんどんやる。　047
第三話　寿司職人が何年も修業するのはバカ。　107
第四話　「原液」を作れば、仕事の分散は可能になる。　157
第五話　今がすべて。　221
エピローグ　280
あとがき　287

装幀・本文デザイン
志野木良太（ステロタイプ）

本文デザイン
松田行正＋杉本聖士

組版　株式会社 明昌堂
校正　株式会社 鷗来堂

小説

多動力　好きなことだけやりきったら、ロケットだって宇宙へ飛ぶはず！

プロローグ

宇宙飛行士になるのが夢だった。
そして今——夢が叶《かな》う瞬間がやってきた。

20××年8月某日。

オレは発射の瞬間を待っている。

北海道で民間ロケットの打ち上げが成功したのは数年前のこと。開発していたインタースターズ社は世間の注目と多額の資金を集め、ついに有人ロケットを作り上げた。

オレは今、その中にいる。

なぜ宇宙飛行士になったか？　答は簡単——なりたかったから。

まあ、時が味方してくれたこともある。宇宙事業に乗り出すベンチャー企業が日本で次々と生まれ、その高い技術に期待した投資家から資金を集めることもできた。もとより、海外ではもう民間企業が短時間ながらも宇宙旅行を企画して、多くの人々を宇宙空間に送り出している。

そう、時はまさに「宇宙」なのだ。

そんなブームにオレは乗った。

子供の頃から夢だった宇宙に、自らロケットに乗って飛び出して行く。そんなワクワクする体験ができるならば断る理由などなかった。「国産有人ロケットの飛行士募集」の告知を見て、真っ先に手をあげ――ここにいる。


それにしても、ここ――コックピットは狭い。

軽自動車くらいの空間を予想していたのだが、実際はもっと狭くてバスタブをちょっと大きくしたくらいだ。そこでオレでほぼ仰向《あおむ》けになっている。

まあ当たり前かも知れない。ロシアが開発したソユーズ宇宙船だって、三人の宇宙飛行士がギュウギュウ詰めになって地球を飛び立ったのだ。この、日本の企業が開発した有人ロケットの乗員数はたった一名――オレだけがここに収まっている……。

《管制センターより、コックピット。聞こえるか》

ヘルメットに装着されたスピーカーから管制官の声が聞こえた。

「はい、こちら鈴木《すずき》です。聞こえます」

《発射3分前。ヘルメットのカバーを閉じてくれ》

「了解。カバーを閉じます」

指示に従って、オレはヘルメット前面の透明なカバーをカチリと閉める。数分後にオレは、無重力で、酸素のない宇宙空間へと放たれる。

《発射２分前。ブースタータンク内の圧力に異常はなし。鈴木。コックピット内の計器を確認してくれ》
「計器確認……異常はありません」
《了解。ではこれよりコントロールを内部に切り替える》
ファン——と音が鳴り、手にしていた情報端末が「内部コントロール」に変わった。
「切り替え確認ＯＫです」
《よおし。鈴木……いよいよだな。国産有人ロケット飛行士の第一号として、君は歴史に名を刻むことになるんだ》
管制官の高揚した声がスピーカーに響く。
「光栄です。オレは、すべての人々の夢を乗せて、これより宇宙に向けて羽ばたきます」
《その調子だ、鈴木浩一《こういち》。君なら出来る。きっと成功する》
「はい！　もちろんです」
ガガッと金属音が外から響く。
これは異常音ではない。ロケットを支えていた部分が機体から離れたのだ。
もうすでにロケットを打ち上げるコマンドは発動されている。
《発射まであと１分を切った。これよりカウントダウンを開始する》
「了解！」
力強くオレが答えると、自動音声が発射までの秒数を刻みはじめる。

――54、53、52、51、50……


もうすぐオレは宇宙に向かって飛び立つ。国産有人ロケットの宇宙飛行士第一号として……。

グウン、と背中に圧を感じる。

ブースター内の圧力が増しているのだろう。


――34、33、32、31、30……


今、日本中の……いや、世界中の人がオレに注目しているに違いない。

しがないIT企業のシステムエンジニアだったこのオレが、今、宇宙飛行士になっているのだ。

こんなこと、誰が想像できただろうか。

オレ自身、こんなことになるなんて想像していなかったし……あ、あれ？


――14、13、12、11、10……


カウントダウンの中、冷静に考えてみる。

何でオレは今、ロケットの中にいるんだ？

宇宙飛行士の夢はあったけどテストって受けたっけ？　こうして飛び立つ訓練を受けたっけ？　真面目な受け答えをして、管制センターからの指令を受けていたけど、目の前にあるロケットの計器をオペレーションすることってできたっけ？

「いや……いやいやいや、無理！」

《こちら管制センター。鈴木。どうした？　異常があったのか？》

「無理、無理です……こんなのオレにはできないです！」

《何を言ってるんだ。この期《ご》に及んで》

——9、8、7、6、5……

「アワワワ……もう、やめてくださいってば！」

《鈴木！　おい、どうした？》

「だから無理、本当にオレ、こんなことできないですって！」

《鈴木！　大丈夫か！　おい！　しっかりしろ！》

——4、3、2、1……

「ワッ、ワアアアアアアーーーッ！」

全身にGがかかる……と思いきや、肩をポンポンと叩《たた》かれた。

「鈴木！　おい鈴木！　いい加減に目を覚ませ！」

目を開けると、上司がオレを見下ろしていた。

「鈴木ぃ……椅子にふんぞり返って居眠りして、なーに寝言で叫んでんだよ」

「すっ、すみません……疲れて、つい眠ってしまいました」

「ったく……勘弁してくれよ。納期が迫ってるのに仰向けになって居眠り。でもって『無理です』とか『できない』とか……会社へのアテツケか」

「いえ、あの……そんなワケではなく」

「言い訳はいいから、さっさと仕事しろ」

そう言うと、上司はオレの元から離れていった。

身体を起こして座り直す。目の前のディスプレイにはやりかけの仕事が止まったまま……。

夢は、夢だったのだ……。

机に置いてあったスマートフォンがニュースを伝える。

《宇宙ベンチャーの「インターステラテクノロジズ」は今朝、小型ロケットを打ち上げ、高度百キロ以上の宇宙空間に到達したと発表した。民間のロケットでは日本初……》

――ああ、このニュースを見ていたから、あんな夢を見ていたのか。

夢を実現させている人もいるのに、オレはいったい何をやってんだろう……。

第一話

変化する世界を、多動力で生きていく。

宇宙飛行士になるのが夢だった。
そして今――夢は夢でしかないと諦めている。

金曜日の夜。

オレは終電を乗り継いで自宅の最寄り駅で下車、そのままアパートに帰るのもむなしくなって、いつもの書店に立ち寄っていた。

この書店はめずらしく深夜まで営業していて、終電で帰宅する社畜《しゃちく》サラリーマンにとっては、何て言うか、ちょっとした心のオアシスみたいな空間だった。

商店街のはずれ、シャッターが降りた店々の先にぽっと灯《あか》りがともっていて、オレは疲れきった身体を引きずり、吸い込まれるように入っていく。

――ああもう、すべてを払拭したい……。

今日の、そして今週のつらすぎる出来事が走馬燈《そうまとう》のように巡っていた。

「鈴木《すずき》よぉ。お前、入社七年目だろ。何度言ったら同じミスがなくなんだよ！」

「先月のノルマ、未達なのは鈴木――お前だけだよ。やる気あんのか？」

「ウチの仕事がイヤなら、辞めてもらって結構だ。でもお前、ほかで働けると思ってんの？」


右から、課長、部長、人事課長のお言葉。

はい、辛辣《しんらつ》です。パワハラです。

でもオレ、抗議できません。

だって、オレが悪いってわかってるし、転職したくても今のスキルじゃどこにも行けないし。

給料泥棒をリアルに実践しているオレが、こうして彼らの虐待に堪え、サービス残業で毎晩深夜まで働かされているのは、自分のふがいなさがわかっているから。

かといって辞められるほどの勇気はないし、辞めたとしても行き場がないのも彼らの言う通り。

つまり、八方塞《ふさ》がり。どうしようもない状態がずっと続いていた。


そんなギリギリのオレを支えてくれるものが、この書店にあった。


すがるような気持ちで入ると、コンビニほどの広さの店内にほかの客はおらず、アルバイトらしき若い男性がレジでマンガを読んでいた。

オレは彼を横目で見ながら、いつものコーナーへ直行する。

雑誌でもなく、文芸書でもなく、ビジネス書でもなく、向かった先は一番奥……のかなりマニアックな書棚。コミックコーナーの横、ライトノベル小説と並んでそれはある。

「異世界ファンタジー」と表示された一画。

かなりマニアックなエリアと見えて、入口から一番遠い場所だ。

不便かも知れないが、オレにとっては好都合だった。

こんなのがレジ前にあって、立ち読みしてたら、レジ待ちの女子高生に「ゴミを見るような目」で見られることは確実だろう。

でも、このジャンル、そうは言っても需要はあるのだから、こうしてたくさんの異世界本たちがズラリと列《なら》んでいるわけで……。

オレは、列んでいる異世界本を端から眺め、まだ読んでいない作品を探す。

その中から「今週末の一冊」を選んで買い求め、安アパートに帰って読み耽《ふけ》るのが、オレの唯一の楽しみであり、つらい現実から逃避することのできる手段だった。

自宅にはもう何十冊もの異世界本が積まれている。

現実世界から転生した一般人が、異世界で冒険を繰り広げ、これといった努力をすることなく成功を収めていくストーリーがオレのお気に入りの展開だ。週末の、この読書の世界でだけは成功していたい。そんなオレの願いが異世界本にはあるのだ。

今日、オレが手にする本はどれだろう。

オレが現実逃避できる本はどれだろう。

そんなコトを考えながら、一冊、また一冊と表紙やタイトルを眺めていると、ある一冊の本に目が止まる。

「ん？　なんだコレ」

他の異世界本は勇者と、美少女がカッコよくデザインされているのに、目に止まったその一冊だけは黒一色。その著者名に吸い込まれる。

堀江貴文

おいおいおい、これって異世界本じゃないだろうが――とツッコミを入れる。

堀江貴文って、あの「ホリエモン」だろ。東京大学在学中に起業して、成功した実業家としてたくさんの本を出している。ロケットエンジン開発や宇宙事業にも興味があって、宇宙ベンチャーのインターステラテクノロジズを創業して経営しているのはオレも知っている。なぜならオレも宇宙に興味はあったし、今日のロケット打ち上げ成功のニュースをずっと見ていたのだから。

でもその人の本が、どうして異世界小説コーナーにあるんだよ。

ツッコミながら、オレは無意識にその本を手に取ってしまう。

異世界小説の中に、ホリエモンの本がある――何か意味があるのではと思ってしまったから。

手に取ってよく見ると栞《しおり》が挟まっている。普通は細長い短冊状のものだが、どういうことか、その栞は本から飛び出ている部分が異世界小説によく登場する、猫耳の形に切り抜かれているではないか。気になって栞を引っ張ってみると案の定、可愛《かわい》い猫耳の美少女が現れた。

するとその栞があるページに、今のオレにとって一番グサッと刺さる言葉が目に飛び込んでくるではないか。

《ブラック企業が嫌なら、今すぐ辞めればいい》

——何だよこれ？

ブラック企業を辞めたくても辞められないオレに対するアテツケか？

それが異世界本のコーナーで、オレの目に付く場所に置いてあるなんて。

怒りがフツフツと湧いてくるのを自覚しながらも、オレはホリエモンが書いた言葉に見入ってしまっていた。


《ブラック企業だとブツブツ文句を言いながら、辞められずに働き続けている……だから会社はつけあがり、ますますブラックになっていくのだ。死ぬほどつらくて辞めたいのなら、本当に辞めてしまえばいいだろう。真面目に働き続けて死んでしまうよりマシなのだから》

「…………」

オレは、彼の言葉に固まってしまう。なぜなら。

ひとつは、こんなに簡単に答を出してしまう、言葉の鮮やかさに驚いたから。

もうひとつは、この答のようにはいくはずはないから。

二つの考えが、頭をグルグル巡っている。


——確かに、辞めることは簡単だ。

——辞表を書いて、上司に叩《たた》き付ければいいだけのことだから。

——だけど、そこからが問題だろう。


仕事は失敗ばかり、スキルもほとんどなくて、成績も上がらなくて……そんなダメリーマンの典型的なオレが、辞表を出してあのブラック企業を飛び出したところで、その先の保証なんてまったくない。

彼は簡単に言うけれど、世の中、というかオレが直面している現実は、そんなに甘っちょろいモノじゃないんだよ——と言いたくなってしまう。

——でも。

オレは手にした本をじっと見つめる。

彼がこれまでたくさんの本を出してきて、それに勇気をもらったと友人が話しているのを聞いたことがあった。何というかこう……頑張ろうって気になったらしい。

オレも、この本を手にしたことがキッカケで、人生が変わることがあるのだろうか。

たとえば……たとえばだよ。

異世界に転生して、その世界で大活躍するようなことが現実世界にもあるとしたら、この本はオレを救ってくれる一冊になるのかも知れない……。

――なあんてコト、あるわけないか。

そもそも、この本が異世界本のコーナーに置いてあることがおかしい。

そう。オレはブラック企業の社畜として、深夜残業の帰りに書店に立ち寄り、異世界本を物色していたダメリーマンなのだ。この週末も異世界に身を投じて……。

――あれ。あれれれ？

どうしたコトか、目の前にある異世界本の棚が、グニャリと曲がって見えるぞ。

ああそうか、連日の深夜残業で疲れが溜《た》まり、めまいがしているのだろう……って、あれれ。

ぐにゃりと曲がった視界の中心に、真っ黒な穴ができはじめている。

それが大きくなっていくじゃないか……あ、あああ、やばい！　やばいぞ！

穴の中に引き込まれていく。身体に力を入れ、グッと堪えても……ああ、ダメだぁああ！

無重力の空間、これって異世界に通じるトンネルなのか。

こんなことって、あるのか？

あるのか？

ある……の……か……

○

ハアッ！

ハアッ！

ハアッ！


クッ……苦しい。息が完全に上がっている。

もうダメ！　走れない！　全身の筋肉が悲鳴を上げてる！

心臓だって破れそうなくらいバクバクだ！

それでもオレは、ちぎれそうなくらい腕を振り、必死に足を上げて走っている——。

なぜなら。


「ゴルルルァアアアア！」

「待てぇ、この野郎ぉおおお！」

「止まれええい！」

「撃たれてえのか！」


ドドドドドドドドドドド！

後ろから、ヤバそうな男たちがオレを追いかけてくる。

ボサボサの長髪、濃いヒゲ、黒い革ジャンのような服から鉄のトゲトゲが出ている。

鞭《むち》や棍棒《こんぼう》、チェーンを振り回し、ドドドドド……ものすごい地響き。

その距離は五十メートルくらい——いや、もっと縮まってるだろう。

ヒイイイイ……何だ。

何なんだ、この展開は。

オレが、何したっていうんだ！


——ピュン！


風を切る高音。

「えっ、今のって？」

オレを狙った弾丸の音だとわかったのは、さらにもう一発、ピュン！　という音とともに前の木がパアンと弾《はじ》け飛んだから。


もぉおおお……マジかよ。何が何だか、さっぱりわからない。

けれど、これだけは言える。

追いかけてくるヤツらに捕まったら、エライことになりそう。

そんでもって逃げたら逃げたで……。

――ピュン！

わぁあああっ、また撃ってきたぁ！


数分前――だろうか。

オレは会社から帰る途中、書店で異世界本を物色していたはずだ。

突然、目の前がグニャリと曲がって、黒い穴に引き込まれていったと思うのだが、気がついたら見知らぬ場所に立っていた。

どこまでも青い空が広がり、その下には緑の大地――草原には心地よい風が吹いていた。

空に点在するロールパンみたいな雲、その雲の影で草原の木々が陰っている。

大小の木々が点在しており、大きな木には赤い実がなっているのが見える。リンゴだろうか。

「ここは……どこ？」

オレが言えることは、さっきまでいた駅前の書店ではないこと、そしてオレはスーツ姿のままでこの心地よい草原の真ん中に立っていることだ。

キョロキョロ周囲を見回す。

――お、遥《はる》か先にうごめく集団を見つけたぞ。

オレの存在に気がついたようで、こっちに向かって駆けてくる。

彼らに話を聞けばいいだろう――そう思っていたのだが……。

「ヒャッハア！　久しぶりの獲物だぁ！」

「行けッ！　捕まえろおおおおっ！」


遠くからの野太い叫び声に脳内アラートが起動。オレは、やつらが向かってくるのと反対の方向に走り出した。

遥か先に森が見える。あそこまで辿《たど》り着けるだろうか。

とにかく逃げないと、何をされるかわかったもんじゃない。

走りながら、オレは別のことも考えていた。

書店の異世界本コーナーから、気づけばここにいたのだ。

だとしたら、ここは異世界ではないかと。

でもさあ……そうだとしたらオレは冒険者となって、異世界でズル賢い方法をフル活用して活躍するんじゃないのか？　それなのにどうして「獲物だぁ！」とか「捕まえろっ！」って展開になってるんだよ……もぉ泣きそう。


ハアッ！

ハアッ！

ハアッ！

逃走は、もう十分以上は続いていた。

屈強そうな男たちだったが、銃などの武器を手にしている分、走る速さはオレとさほど変わらないようだった。

けれど……ハッ、ハアッ……オレにも体力の限界ってモノがある。

——ああっ！

疲れで上がらなくなった足がもつれ、転がるように前のめりに倒れてしまった。

ドドドド……という複数の足音が近づいてくる。

「よっしゃあ！」

「転んだぞ」

「殺すな、生け捕りにしろ！」

——ああ、もう、もうダメだああ……。

と、諦めて地面に顔を伏せた瞬間——。


——カッ！　と頭上で閃光《せんこう》が弾けた。

「ウワアアアアッ！　何だぁ！」

「め……目があぁっ」

「見えねえっ！　まったく見えねえっ！」

男たちの叫ぶ声が響き渡る。

何があったんだ？　ゆっくり頭を上げると——視界に人影。

——誰？

太陽の逆光に黒く浮かび上がった姿——長い髪、丸みを帯びた胸のラインは女性のようだ。

細く長い両足の間に、ふさふさの——ん、尻尾って？

「コーイチ、立て」

「え？」

いきなり名前を呼ばれて、オレは驚く。

「早くこの場から立ち去れ。今のは目くらましの閃光弾にすぎない。コイツらは数分で復活する。それまでに森に逃げ込むのだ」

「は……はあ」

よろよろとオレは上半身を起こして、彼女を見る……ん？

「猫耳？」

さっき見上げた時に確認した尻尾といい、黒髪の上にちょこんと載った猫耳といい……これはもしかして……。

「君って」

「急げ！　捕らえられて奴隷になりたいのか！」

「わ、わかりましたっ！」

持っている力は少ししかなかったが、彼女の言う通り、早くここから逃げなくてはならない。

「ん？」

完全に立ち上がったとき、猫耳の美少女の姿は消えていた。

――今の、マボロシ？

でも目の前の男たちは、まだ目を押さえて倒れているし……いや、そんなことを考えている暇はないんだった。

オレは再び走り始める。

「ま、待てえええい！」

「逃がさんぞ！」

男たちが叫ぶ。オレを捕まえようとするが、目をやられているので宙を摑《つか》んでいる。


逃げなきゃ。

早くここから逃げなきゃ、こいつらに捕まって奴隷にされてしまう！

悲鳴を上げる身体を鼓舞して、オレは森に向かって駆けていく。

今しがたオレを救ってくれた少女はどこにいったのだろう？　周囲を見回してもその姿を見つけることはできなかった。


ハアッ！

ハアッ！

ハアッ！


数分走って森に辿り着いた時、「――待てええええい」と遠くから怒号。

振り向くと、さっき倒れていた場所から駆けてくる姿が見えた。

うわああ、まだ逃走は続くのかよ……ウンザリしながらオレは森に駆け込む。

森は結構深そうで、遠くは暗くなって様子がわからない。けれど追われている今は、とにかく奥へ、深く深く奥へ逃げるしかなさそうだ。

陽当《ひあ》たりが悪くて、苔《こけ》むした地面に足が滑りそうになる。

今度転んだら、またあいつらに取り囲まれて……さっきの猫耳少女は「奴隷になりたいのか」と言ってたから、本当にそうなってしまうのだ。


――待てええええい！


男たちの怒号が聞こえる。

奴隷商人なのだろうか。上手《うま》く逃げおおせたとして、この先オレはどこに行って、何をすればいいのだ。わけのわからない異世界に紛れ込んでしまった……ハアアア……。

また疲労が襲ってくる……ダメだ……歩けない。

ハア……ハア……と膝に手をついて肩で息をする。

「コーイチ」

「はっ！」

気がつくと、また目の前に猫耳少女、いや猫耳美少女が立っていた。神出鬼没のキャラのようだ。

「…………」

彼女はオレをじっと見据えたまま、それ以上言葉を発しない。

オレは彼女をあらためてじっくり見る。

身長はオレよりちょっと低いくらいだから一六〇センチ台だろう。茶色がかったセミロングの髪の上、猫耳がピクピクッと動いている。丸いラインの頬《ほお》はまだ幼い少女の面影を残しているようだが、キリッとした眉毛、すうっと上に切れた目尻に意志の強さを感じる。たとえて言えばアイドルグループのリーダーみたいな女の子、総合的に表現するのなら……。

――カ、カワイイ……♡

「ねえ……君」

オレは、ゆっくりと彼女に問いかけた。

「オレの名前を呼んでくれたってコトは、君はオレを知っているわけであり、異世界本の鉄板ストーリーなら、オレの従者として……ああ、ちょ、ちょっと待ったぁ！」

オレの言葉に耳を貸さず、彼女は森の奥へスタスタと行ってしまうではないか。

お尻のあたりから見える可愛いモフモフの尻尾を揺らしながら……。

「ちょ、ちょ、待てよ。待ってってってば」

オレはご主人様に違いない。

だって彼女、オレの前に現れた、猫耳の美少女キャラであるわけだし。

追い付いて、肩に手をかけようとした、その時――。


――パァン！


ものスゴイ勢いで、オレの手が払われる。

「痛あああっ！」

後ろに目がついているのだろうか。背を向けたままなのに、オレの手の気配を感じて、すごい強さで払ったのだ。

クルッとオレに向き直った――フーッと威嚇《いかく》する顔が……お、恐ろしい。

「えっ、あのっ、オレいま失礼なコトをしたのでしょうか……だったらゴメンナサイ」

「…………」

まだ何も言わず、彼女はオレをじっと睨《にら》み続けている。

「ちょっとぉ、何も言わないで睨んでるだけじゃ、怖いんですけど」

「――ざけんな」

「え？」

「ざけんな――って言ってんの」

「いやその、決してオレはふざけているワケではなくって、こうして異世界に転生したのだから、冒険者となってこの世界で冒険を繰り広げて……だから猫耳の美少女である君が従者としてオレを助けてくれたワケで……」

「だからぁ、ざけんなって言ってるだろうがぁ！　このクソがあああっ！」


彼女の罵倒が森に響き渡る。

「えっ、何で？　どうしてオレが罵倒されなきゃ――グエッ！」

胸ぐらを摑まれてしまった。

「や……やめてください。オレ、何にも悪いことしてないじゃないですか」

「その……一言一句がアタシにとって最悪なんだよ。この、勘違いクソ野郎がっ！」

「あらアンタ、泣いてるの？　異世界に転生した冒険者って勇ましいんじゃないの？」

――ひえええ……。

「だってえ、そんなにスゴまれちゃあ……泣いちゃうって」

「だからますます腹が立つのよ！」

オレは彼女に胸ぐらを摑まれたまま動けないでいた。

しばらくして、やっと手を放してくれた。

「ハア……ハア……ハア……」

混乱と恐怖で過呼吸気味になっていた。俯《うつむ》いて地面を見ているオレの視線の先には、彼女の可愛らしいブーツが見える。あ、でも、もう可愛いとか言えないかも。

「F××K、異世界……」

「え……いま何て？」

猫耳美少女の口から出てきたとは思えない言葉に驚いて、オレは顔を上げる。

「日本語で言うのなら、クソ異世界って言うのかしら」

「どうしてそんな言葉を」

「クソだと思うから、クソ異世界って言ったまでのコトよ。クソ異世界、クソ冒険者、クソ賢者、クソ猫耳従者……どれもこれもみんなクソ」

あまりのクソ連呼に、オレも慣れてしまいそうだ。で、でも……

「どうして異世界がクソなのか、無学なオレに教えていただけませんでしょうか」

「そうねえ……いままでの口ぶりだと、どうやらアンタは何もわかっていないようだから。アタシがみっちり教えてあげないといけないかも」

そう言って、彼女が不敵に笑う。ヒクヒクッと猫耳が動く。

初めて見せる笑顔だった……でもまだ怖い。

「さっきアンタ、異世界に転生したのだから冒険を繰り広げて……とか言ってたわね」

「違うのでしょうか」

「そんなご都合主義の世界が、まずクソだっての。何なの、異世界って」

「だっていま、我々は異世界にいるわけで」

「それが気にくわないの。自分の理想ばっかりの物語をこねくり回して、いかさまな方法で魔物を次々と退治していくだぁ？」

「それが異世界小説なわけで」

「現実を見なさいよ、現実を」

「その現実から目を背けたいから、異世界小説を書く人がいるわけだし。人気があるから本もたくさん出てるんじゃないですか」

「あんなの、書店の一部のコーナーで、アンタみたいな人が買ってくだけじゃない。書店全体を見てみなさいよ。アンタたちが逃げ込んでいる世界の、何て小さいことか！」

「人それぞれ趣味嗜好《しこう》は違うんです。いいじゃないですか」

「はいはい、それで結構……そうやってアンタは毎週末、異世界本に逃げ込んでたしね」

——キツイこと言うなあ。

図星をつかれたオレは、しばらく反論できないで黙ってしまう。

「ほうら、反論できないじゃない。現実を叩き付ければ、アンタなんてクズみたいなもんよ」

「……ああそうです……クズですよ」

コテンパンにディスられて、オレは開き直った。

「他人に何を言われようと、これはオレの趣味であって、ほっといてくれって話です。小さい世界に逃げ込むですか？　そうですよ。逃げ込んでますよ。オレは」

「ほぉ、逆ギレね」

「でも見てくださいよ。ここは異世界です。誰が何を言おうと、ここはオレが想像していた世界なんです。これだって立派な現実だと思いませんか」

彼女——猫耳の美少女は動じない。

「ふーん……だったら聞くけどさあ。あの奴隷狩りの悪党どもに追いかけられてるアンタは、どうやって逃げるつもりなの。アタシがいなかったら、とっくに捕まってたわよ」

「そ、それは」

「これが現実ってこと……いい、コーイチ、この世界で生きていく覚悟があるのなら、アンタはこれから**多動力《たどうりょく》を身につけなくてはいけない**」

「多動力？　何それ」

「今にわかるわ」


——声が聞こえたぞ！

——あっちだあ！

遠くから男たちの声が聞こえる。

「わあ、また追ってきた」

「そんなわかりやすい恰好《かっこう》をしてるから追われるのよ。あの悪党たちは、異境から来た者を奴隷として売りさばくんだから」

「恰好？」

そう言われてオレは自分の身なりに気づく。

うーん、確かに異世界でスーツ姿は目立つよなあ……。

「コーイチ、これを羽織って」

そういって猫耳美少女は、自分がまとっていた茶色いマントをオレに渡した。

「街に入っても、これでしばらくはごまかせる」

「街？」

「まっすぐ走って、森を抜けると街に出るわ。街の中でひとつだけ赤い屋根の建物があるから、そこに逃げ込めば大丈夫。さあ急いで」

そう言うと、彼女はまたフッと消えてしまった。

オレは、マントを羽織って駆け出した。

○

猫耳美少女の言う通り、森を抜けると突如大きな街が現れた。

オレはキョロキョロと街を眺める。

地面はずーっと向こうまで石畳。建物は石造りが基本で色はアイボリー、屋根は茶色。この世界の色として統一されているようだ。まるで中世ヨーロッパのような街並みのよう。

大通りを行き交う人々は、オレみたいなスーツ姿ではない。茶色く、ダボッとしたワンピースのような服。男も女もそれをまとってスカートみたいに裾をヒラヒラさせて歩いている。

ギッ、ギッ——と軋《きし》んだ音を立てて近づいてきたのは馬車だった。沢山の果物と酒樽《さかだる》のようなものを積んで前を通り過ぎる。

馬車が通り過ぎて向こうに見えたのはパン、吊《つる》した干肉、果物などを売っている店だった。大通りに面した店々に、買い物をする人たちが出入りしている。

背後の店は食堂だろう。肉や野菜を煮込んだ、美味《おい》しそうな匂いが漂ってくる。

「うわああ……これが異世界の街かあ……」

オレは興奮を隠せないでいる。

さらに大通りの遥か先を見やると——あれって何だろ？

「すみません」

オレは、カバンを大事そうに抱えている男を呼びとめた。

「あの大きな建物は何でしょうか」

「王宮だよ」

「じゃあ、この国を治めているのは、あそこにいる王様なのですね」

「いや、王族は、オランジェラ国の政治を、ゴガイアという巨大なコンパニルに任せたんだ」

「オランジェラ国？　ゴガイア？　コンパニル？」

「何も知らないのか。その恰好……お前、異境から来た冒険者だな」

「そうなんです」

「じゃあ教えてやるよ。この国――オランジェラ国にはいくつものコンパニルがあるんだ。たとえば馬車を作るコンパニル。その馬車を使って、モノを運ぶコンパニル。人を運ぶコンパニル……ほかにも食べものを作るコンパニルとさまざまだ。オレは、人や企業に出資するコンパニルにいる」

「ああ、そういうコトですか」

オレは理解した。

現実世界の「会社」が、ここでは「コンパニル」と呼ばれているのだろう。

「ゴガイアは、コンパニルのひとつなんですね」

「そんじょそこらのコンパニルとはワケが違うぞ。巨大企業ゴガイアは、オランジェラ国のすべてを掌握している――と言っていいだろう。王族が政治や経済を任せたのだからな」

「なるほど」

財閥グループが国家の経済を牛耳《ぎゅうじ》ることはあり得る話だが、国の政治まではスゴイな。

「お前の国に、これはないのか？」

そう言って男は片手に収まる平べったい石のようなものを取り出した。

「フォン――巨大企業ゴガイアが作ったものだよ。本当の名前はフォン・マルタッジョ・ツケルネラーナ。古代語で〝夢が叶《かな》う石〟って意味なんだけど、長いからフォンって省略して呼んでる」

自慢げにオレにかざすと、それは光を放った。

「わぁ」とオレは一瞬のけぞってしまう。

「驚いただろ」

「ええまあ」と言いながら、オレが驚いたのは光が原因ではなかった。

一見古風な異世界にありながら、このフォンだけ、やけに近代的なシロモノだったからだ。

光ったフォンに、見たことのない文字が浮かびあがる。

「フォンがあれば何でもできるんだぜ」

自慢げにヤツは話しているが、要するにフォンって……。

――現実世界のスマートフォンじゃん。

「遠くにいるヤツと話すことができるし、その姿だってここに映し出されるんだ。それだけじゃないぜ――このフォンは、ほかにもいろんなことに使えるんだぜ」

――うん、どう見てもこれ、スマートフォンじゃん。

異世界に、現実世界と変わらないプラットフォームが出来上がっていたのか……。

「オレは銀行の働き人でムラトっていうんだ」

そうか――異世界にも銀行はあるんだ。

「ゴガイアで働くのが夢だ。大賢者ライーシ様の下でフォンに関わる仕事をしてみたい」

「大賢者ライーシ？」

「伝達魔法《でんたつまほう》を使ってフォンを開発した大賢者様だ。八年ほど前に異国から来たんだけど、あっという間にこのオランジェラ国の仕組みを変え、権力まで手に入れたんだ」

「そう……なんだ」

伝達魔法って――現実世界に置き換えるなら、ITのことだろうか。

「大賢者ライーシ様だけじゃない。巨大企業ゴガイアには、ほかにもフォンの伝達魔法を使って商売をする賢者ダーツク様、友達同士で交流する〝ツブヤキ〞を作った賢者ノイマー様など、多くの賢者様がおられるんだ。お前も興味があったらフォンを見てみるといい――じゃあな」

そう言って銀行屋のムラトは颯爽《さっそう》と大通りを歩いていった。

――と同時に向こうから現れたのは……。

「いたぞぉ！」

わあああ！　やっべえ！　まだ追われてんだ。

暢気《のんき》に異世界見物をしている場合じゃなかった。

慌ててオレは駆け出す。

猫耳の美少女が言っていた「赤い屋根の建物」を探さなくちゃいけない。

追っ手をまこうと狭い路地に入り、洗濯物がぶら下がっている家々の隙間を縫って、右へ左へとカクカクと曲がっていく。

ポンと再び大通りに出て、見えてきたのは……。

あった、赤い屋根。

オレはわき目もふらず、その建物のドアを開けて飛び込んだ。


「――誰だい？　ノックもしないで勝手に入ってきて」

やや広い空間――カウンターから艶っぽい女性の声。

「あ、すみません……」

声の主を見て、オレは戸惑う。

黒々とした長い髪をかき上げ、上目遣いにオレをじっと見ている女性がいた。

トロンとした目尻、厚ぼったい唇は超絶セクシーなのだが、年齢が不詳だ。

――これって、オレの世界で言うところの「美魔女」のカテゴリーかと。

「何かご用かしら？」

立ち上がり、カツ、カツ、とヒールを鳴らしてカウンターから出てくる。ボディラインが強調された黒のタイトなワンピース。もしかしてここ――美魔女キャバクラ？

「追われてまして……知り合いから聞いたんです。赤い屋根の建物に行けば大丈夫だって」

「お客さんかしら」

「お、お客さん？」

「そう――だってうちは宿屋だもの。お客さんなら、相応の対応をするけど、どうする？」

「は、はい。客になります。泊まります！」

――ドンドン！


ドアを荒っぽくノックする音に、オレは身体をびくつかせる。

「こっち、早く！」

カウンターに駆け戻った美魔女の手招きに反応して、オレも中に飛び込んだ。身体を屈《かが》めている目の前に、彼女のふくよかなお尻。ほのかに香る香水に大人の色気を感じてしまう。

バン、と荒々しくドアが開けられ、複数の足音。今さっき聞いた野太い声が響いた。

「おい女将《おかみ》、この宿に異境のヤツがこなかったか」

「……さあねえ。見てないわ」

下から見上げた美魔女の女将は、涼しい顔で応対している。

「このあたりにいたって聞いたぞ……探させてもらう」

「待ってよ！」

美魔女の女将が声を張る。

「客でもないのに、アタシの宿屋で好き勝手なことしないで」

「何だとぉ？」

「オレたちに逆らう気か？」

男たちがズイズイとカウンターににじり寄る気配が……わああ。

――ハアアアン……と女将は色っぽい溜息《ためいき》をついた。

「何だい、アンタたち……女が一人で切り盛りしてる宿にズカズカと入りこんで。それが勇ましい男のすることなのかい？」

「…………」

男たちが黙り込む。

「この宿屋にいるんならアタシの大事な客人だからね。手を出すんなら、こっちだって手段を選ばないよ……アタシ、警察のお偉いさんとはイイ仲なんだから。連絡しちゃおうかしら」

そう言って胸元からフォンを取り出し、スマートフォンと同じように電話をかけようとする。

「わ、わかったよ。警察は勘弁してくれ」

「邪魔したな」

ゾロゾロと出て行く足音。そしてドアの閉まる音。

――ふううう。

オレはカウンターの下で脱力していた。

警察に顔が利くって凄《すご》いな……それにイイ仲って、美魔女パワー全開といった感じだ。

「もう大丈夫。安心なさい」

美魔女が屈んでオレに話しかける。襟元――深い胸の谷間にどうしても目がいってしまう。

「あらためて、宿屋へようこそ。アタシはここの女将でマティルダ。よろしくね」

「はあ、はい」

「アンタ……異境からの冒険者みたいだね。マントを羽織ってても、そんな服装だとまた襲われるわよ。この国――オランジェラ国の男性が着ている服を貸してあげる」

そう言って棚から茶色いフワリとした服を出してくれた。

「これからどうするの――金はあるのかい」

「う……オレ、どうすればイイんですかね」

「アタシに聞かれても困るわよ……先立つものは必要でしょ。仕事を探しなさいな」

「ですよね」

「ま、職種を選ばないのなら、いろんな仕事があるから探してみるといいわ。すぐに見つからないのなら宿賃はツケでもいいからさ」

とことん気っ風のいいマティルダさんだった。

○

オレは部屋のベッドで横になっていた。

「どう？　マティルダさんは助けてくれたでしょ」

また猫耳美少女が登場――ベッドに腰をかけ、モフモフの尻尾を揺らしている。

「ありがとう。君のおかげで助かったよ……でさあ、どうして君はオレの前に現れるんだよ。オレのこと、やたら詳しいし……いったい何者なんだ？」

「アタシの名前はトリュフ。好きこのんでこの世界に来たワケじゃないのよ。無理矢理《むりやり》に連れてこられたんだから……アンタに」

「え、オレが？　どうして？」

「身に覚えないの？」

「ないない。ないってば」

「ふーん、だったら知らないままでもいいわ。よーく考えればわかるコトだから……とにかくね、アタシは不本意に、このクソみたいな異世界に連れてこられたワケ。こうなったら……アンタが思い描いた異世界をぶっ壊してやろうと思ってる」

「なっ、何で、そんなコトするんだよ」

「理由は簡単。**多動力**がアタシの流儀だから」

「多動力……さっきも言ってたけど、何だよそれ」

「この世界で生きていくのに必要な力よ――さっき聞いたでしょ。ここはアンタの現実に近くて、あらゆるモノがネットにつながっているの。伝達魔法によって社会や産業、個人の生活もネットワークでつながり始めている。巨大企業ゴガイアを先頭にものすごいスピードで変化して業界の壁がなくなってる。そこで必要なのが業界の壁を軽やかに越えていく越境者であり、その越境者に求められるのが、**面白そうと思ったことを片っ端からやる**――**多動力**なのよ」

「片っ端からやるって、オレには無理かと……」

「無理かと――じゃなくって無理矢理にでもやらせるわ。アタシをこの世界に引きずり込んだ張本人だし、ここに一緒に来たのも何かのご縁……じゃあ、またね」

——フッ、と彼女は消えてしまった。

オレがこの異世界に連れてきたって言ってたけど、現実世界で彼女らしき存在と出会った記憶はまるでなかった。そもそもオレ——コミュ障だから、会社以外で、人と接するような場にはあまりいかないし……。

それにしても、恐ろしいことを言ってたな。

「アンタが思い描いた異世界をぶっ壊してやろうと思ってる」って、メチャクチャじゃないか。それにオレは巻きこまれるっていうのか？　ブルブル……身震いしてきた。

CHECK 多動力 WORDS OF CHAPTER 1

◆「自分の時間」を生きるためには、仕事を選ぶ勇気が必要。

◆次から次に自分が好きなことをハシゴしまくる。

第二話

やりたくないコトはやらない、
やりたいコトをどんどんやる。

「次、入れ！」

室内から声。

オレはドアをノックして、ゆっくり開ける。

「失礼……します」

うやうやしく一礼して、顔をあげる。

部屋の中には中年の男が二人、ボロっちい横長の机に並んで座っていた。

一人は、メタボな腹がぽっこり出ているハゲ頭。

もう一人は黒メガネ。襟足が異様に長いマイルドヤンキー系の小男。

丸っこい顔、団子っ鼻が同じ形なので兄弟だとわかる。ハゲの方が年上だろう。

「はいはい、そこ座って」

弟らしき方に促され、オレは木製の椅子に座った。

「……ええっと、アンタは」

弟がペロッと親指を舐《な》めて、用紙をめくった。

「この国のもんじゃないね……どこから来たの？」

質問に、オレは用意していた答を返す。

「ここと違う世界から転生してきたのです。気がつくとこの国にいました」

「はあ……転生？　何のこっちゃ？」

やる気のまったく見えない弟は黒縁メガネ越しにオレを見る。

兄貴の方もやる気がないのか、あさっての方向を見ながら、ずっと鼻クソをほじっている。

——これが採用面接の態度かよ。

フツフツと怒りが込み上げてくるが、自重。自重だ。

「で、どうしてウチで働きたいと思ったの？」

「はい、それは……」

オレは背筋を伸ばして話し始めた。


数時間前に異世界オランジェラ国に転生したオレは、ここで暮らすために仕事をしなければならないとマティルダさんに言われた。

できることと言えば、現実世界で培ってきたプログラミングのスキルだった。大学では情報科で四年学んで、それなりの知識は身につけてきた。

この異世界で何がしたいのか——はまだわかっていない。だって、いきなり転生した冒険者なのだ。冒険する対象すら見つかっていないのだから当然だろう。

そんなことを考えながら宿屋のベッドに寝ころんでいたら、窓の外から「あそこのコンパニルで働き人を募集してる」という話し声が聞こえてきた。

「明日のオランジェラ国を築く、フォン開発のパイオニアだってさ」

「ゴガイアから依頼を受けたフォンの製作を請け負っているらしい。経験、知識不問で、やる気のある者は採用してくれるらしい」

窓から見ると、彼らが指さす遥《はる》か先にボロくて粗末な建物がある。

スマートフォンアプリの製作もやったことがあるから、オレは楽勝だろうと思った。

さっそく行ってみると——オレは驚いてしまう。

フォンの開発だったらITの花形産業だろう。きっと応募者がたくさんいて、優秀な人材が応募してきている——と期待していたのだが、中にいたのは三人。

一人はヨボヨボのジイサン。

一人は酒臭いオッサン（多分アルコール依存症）。

一人は俯《うつむ》いて……ずっと呪文みたいなコトをブツブツ言ってるヤバそうなヤツ。

「えええ？」

オレが動揺していると、部屋の中から襟足の長い小男が出てきた。

「えっと、本日の採用面接はこの四名ですね。では到着順に面接を始めますから、この紙を読んで、必要なことを記入してください」

履歴書のようなものを配られ、襟足長は部屋に戻っていく。

オレを含めた四人は、黙って用紙に必要事項を書き始める……といっても、この国の文字がまったくわからないオレには書きようがない。

「あの……」

オレは残りの三人のうちで、一番まともそうなジイサンに声をかけた。

「これって、何て書いてあるんですか……実はオレ、別の世界から来たもんで、この国の文字がわからなくって」

「はあ？」とジイサンに返される。

「この字がですね、わからないんです」

「はあ？」

……ダメだこりゃ、耳が遠くて通じてないんだ。

こうなったら自分のやり方で書くしかないなと思ったオレは、記入事項の文言をまったく無視して、就活のエントリーシートさながらに名前や学歴、職歴などを日本語で書き綴《つづ》る。

カチャ、とドアが開く。

「ジイサンから入って」

すっとジイサンが立ち上がる——聞こえてんじゃん！　とツッコミを入れたくなる。

前の三人の面接はあっという間に終わっていった。というか、入って一分もしないうちに彼らはうなだれて出て行くではないか。どういうことかは考えなくてもわかった。

そしていま、オレの面接だった。

「…………」

「…………」

眼前の二人は無言のまま、オレの自己PRを聞いていた。目線はオレがさっき書いた履歴書。

「あのお、それって読めますでしょうか」

「お前……ナメとんのか」

メタボハゲの兄がやっとこの時、口を開いた。

「スミマセン。こちらの国の文字がわからなかったから、自分の世界の言葉でこれまでのことを書かせていただいた次第です。私は違う世界から来た冒険者で……」

「んなぁこたぁ、どうでもイイんだよ。これは履歴書じゃねえ」

「え、違うんですか？」

「あのなあ……」

呆《あき》れたような顔をして兄がふんぞり返る。

「お前がどこから来た冒険者かなんて、オレたちにはまったく関係ないんだよ。契約書を読んでサインしろってコイツがさっき言っただろ」

「サイン？　どういうコトでしょうか？」

「だからぁ、ここで働く気があんなら、この契約書の内容にサインしろってコトだ」

「え、じゃあ採用ってコトですか」

「採用も何も、こっちは人が必要なんだ。お前がＯＫなら今すぐ工場に行ってもらう」

「あ、ありがとうございます。こっちの世界に転生したものの、金がなくて、明日以降の生活が不安だったんです。助かりました」

「じゃあ、話は早いな。とっととサインしろ」

「わかりました」

オレは、指定された場所に「冒険者コーイチ」とサインをして、襟足の長い弟に渡した。

「ところでアンタ、冒険者なんだったらステプレ見せてみろ」と兄が聞いてくる。

「と、言いますと」

「アンタのステータスプレートのことだよ。自分の力を見たコトがないのかい？」

——ステータスプレート？

そうだ。そんなモノが異世界小説にはかなり存在していた。ゲーム画面のように、目の前に数値がズラリと現れるアレのことだ。

「それって、どうやったら見ることができるんでしょうか。オレ、今日来たばっかりで、やり方がまだわからないんです」

「簡単だよ。目の高さに手を持ち上げて、窓を拭くように左右に振れば現れるから」

言われた通りの動きをしてみる——すると目の前にフワンと液晶画面のようなモノが現れた。

——おお、スゴイぞこれ。ゲームみたいだ……あ、あれ？

「…………」

オレも、目の前にいた兄弟も、ステータスプレートの数値を見て黙ってしまう。

兄がオレを睨《にら》みつけた。

「お前……よくもこんな数値で、オレたちのところで働きたいと思ったな」

「というか兄さん、コイツ、よくも冒険者だと言えましたね」

蔑《さげす》むというか、憐《あわ》れむというか、何とも言えない顔でオレを見ている二人に対して、返す言葉が見あたらない……だってこれ、本当に……。

「ひどい……ひどすぎる」

「なあ冒険者さん。お前、今までいったい何をやってきたんだ。どうしたらこんな悲惨な数値になるんだ」

「もしかして、あまりに悲惨な数値だったから、前のとこをクビになったのか」

「……そ、そんなコトは」

断じてない。ないはずだ。

だってオレ、こんなステータスだとは思わなかったし。

○

オレが入社した会社——異世界でいうコンパニルは「ペデック」という名称で、商人イラックと、その弟ガネックの二人が経営しているものだった。

そして面接からすぐ入社となった夜――オレは人生最大の過ちを悔いていた。

「フォンの製作を請け負う」という情報だけを鵜呑《うの》みにして、フォン↓スマートフォン↓IT企業だと勘違いしてしまい、何の疑問も持たず書類にサインをしてしまった。

実際に工場に連れてこられてオレは愕然《がくぜん》とする。「フォンの製作」は、本当にフォンを組み立てるだけの仕事だったのだ。

各地の工場から届けられた部品を箱から取り出し、一つ一つを薄っぺらい石のようなフォン本体に並べ、電線のようなもので繋《つな》いでいく。要するに単純作業。

休憩はなく。ただひたすら運ばれてくる部品を並べて繋げて、並べて繋げて、並べて……。

「うあああああ……無理、こんなの無理だって！」

「うるさぁい！」

「痛《い》ったあああっ！」

監視していたガネツクがオレの頭をハリセンでパアンと叩《たた》く。

ひどい仕打ちだ。長時間、休憩もなしに働かされて、動きが止まるとハリセンで叩かれるなんて。

「パ……パワハラじゃないですかあ」

「はあん？　パワハラ？　何ですかそれ？」

「こんな風に叩かれることです！」

ガネツクがメガネの奥の目を光らせて、ニタニタ笑っている。

「契約書に書いてあります。まともに働かないお前みたいなクズは、叩いてもＯＫ……あとこっちの機嫌の悪い時にも、叩いてOKってね！」

——パアン！

「痛ったああっ！」

何この理不尽。機嫌の悪さを部下にぶつける上司なんて……あ、現実世界にもいるか……。

「イッヒッヒ。さっきから全然手が動いていませんけど、やる気あるんですかぁ？」

「…………」

簡単な作業——それはオレが最大に苦手にしているモノだった。

子供の頃、友達の間でガンプラ作りが流行して、それに乗ろうと親に買ってもらったのだが、細かい作業が何一つできなかった——要するにオレは「手先が不器用」だったのだ。

その不器用な男が、細かい部品を組み立てる作業など務まるわけがない。案の定、周囲の働き人たちがスイスイとフォンを完成させていくのに、オレは一台も組み立てることができないでいた。

そしてもう夜に……。


「新入り。終わったか」

「あっ、いや、その」

慌てて目の前にあった「フォン」の出来損ないを隠した。

「お前……」

コンパニルの経営者、メタボハゲの兄イラックがオレの手を払い除《の》ける。

「やはり、ハズレのクソ冒険者だったな。フォンの組み立ては子供にだってできる。それをお前は……まだ半分もできていないのか」

「すみません。オレ、こんな仕事は初めてだったので……」

「言い訳は無用！」

怒号が工場内に響き渡る。イラックは二重顎をプルプルふるわせていた。

オレは俯いたまま、周囲を窺《うかが》う。

フォンの組み立てをしているほかの連中は皆一様に顔を引きつらせて……笑っていた。オレがイラックに怒鳴られている様子が可笑《おか》しくてたまらないらしい。

「コーイチ、顔を上げろ」

「はい」

「お前がどんな言い訳をしようがオレの知ったことではない。だがな、この国では働かない者に生きていく資格はない――わかるか」

「は、はい」

そんなコト、言われなくてもわかっている。

オレだって現実世界ではIT企業でプログラミングの仕事をやっていたのだ。営業が取ってくるムチャなオーダーをこなすには毎日毎日、終電まで働かなくちゃいけなかった。そうしないとオレだって給料がもらえない。そうなると生きていくことができなかった。

「わかるんなら、そのフォンの組み立てを今日中に仕上げろよ。就業時間は間もなく終わるが、お前はこれが終わるまで帰るな。もちろん、我々は残業代を支払う契約はしていない」

「そんなこと、聞いてませんよ」

「契約書に書いてあっただろうが。お前はそれにサインしたんだよ」

「えええ……」

そんな不当な契約があっていいのか。ここって、極めてブラック企業じゃないか！


——キーンコーンカーンコーン♪


終業を告げるチャイムが工場に響き渡ると、周囲の連中が一斉に立ち上がった。

「はーい皆さぁーん、お疲れ様でしたあ。ノルマを達成した皆さん、明日もよろしくお願いしますねえ……」

弟のガネツクがニコニコしながら労《ねぎら》っている——と思いきや、オレを見て顔を引きつらせる。

「終わっていない……そこのポンコツ冒険者は残ってくださいね。イッヒッヒ」

ガネツクはオレを指さすと、カツカツと工場から出て行った。何だ、この対応の差は……。

彼に続いて、ほかの連中もぞろぞろと出て行こうとする。

と、オレの前に数人が立ち止まった。

「なあ、新入り。初日から残業って、どういうコトだよ」

「こんな簡単な仕事ができないで、よくここで働く気になったな」

グフフフ……と嫌味《いやみ》な笑いが頭上から降りかかってくる。

「お前、冒険者とか言ってるらしいけど、ステータスはどうなってんの？」

オレは彼らの前で手を左右に振った。

ファン、とステプレが立ち上がり、数値が表示される。

「…………」

ザワついていた彼らが一気に黙り込んだと思いきや、あちこちから「ククク……」と忍び笑いが起こり、だんだん大きな笑い声に変わっていった。

断っておくがオレはお笑い芸人ではない。この国に転生した冒険者（のはず）だ。

「アハハハ！　マジこれ？　STR《ストレングス》が一ケタって、見たことないぞ」

「VIT《バイタリティ》も一ケタってどういうコト？」

「ステータスプレートには【冒険者】と表示されているけど、何かの間違いじゃない？」

「どう見てもおかしいって。普通の十分の一以下のステータスって、ありえねー」

「ないない、ないって。こんなの冒険者というより……弱者」

「「「「ブハハハハ！！！！」」」」

爆笑が響き渡る。

腹を抱えて笑っていたが、ひとしきり笑ったあと、その内の一人がオレを指さした。

「いったいどういう生活をすれば、そのような最弱な値になるのかわからない。いったい、今まで何をしてたんだ？」

「オレは……オレは……」

やつらを睨みつける。

「数日前までブラック企業で社畜《しゃちく》になってるサラリーマンだったんだよ！　それがどうしたぁ！」

嘲《あざけ》られた鬱憤《うっぷん》を一気に吐き出すように叫ぶと、やつらはキョトンとした目になって、ひそひそと話し始めた。

ひそひそ話のつもりだろうが、こっちにはしっかりと聞こえてくるから腹が立つ。

「……何だ、ブラック企業って？」

「コンパニルのことじゃないか」

「それがブラック――黒いってこと」

「さらに社畜って何だ？」

「役職のことじゃないか。偉い者には見えないけど」

「だったら、あんな悲惨なステータスにはならねーだろ」

「それなー」

「ククク……」

「クククク……」

「ああもうイカン、さっきの数値を思い出しちゃった……弱者コーイチ」

「「「「ブハハハハ！！！！」」」」


「じゃかあしいわぁあああ！」

再びオレが叫ぶと、やつらは身体をビクつかせた。

オレは今一度、睨みつける。

「そうだよ。オレは最弱ステータスの冒険者コーイチだ。笑いたければ笑えばいい！　だがなあ、オレだって好きこのんでブラック企業で社畜をやってたワケじゃねえんだよ！」

「はいはい、そうですか。せいぜい吠《ほ》えていればいい……その残業を抱えてな」

一人がそう言うと、やつらはゾロゾロと工場から出て行く。

広い空間に、オレだけが一人、ポツンと残された。

「何だよ、この異世界は！」

「どうしてこんな情けない設定にされてんだよ！」

悔しくて、やりきれなくて、あれこれ叫んでしまう。目の前が涙で滲《にじ》んでくる。

異世界に転生すれば、自分の思うがままに活躍できるんじゃないのかよ。

これじゃあ現実世界と同じじゃん。こんなハズじゃ、なかったのに……。

異世界ってさぁ、もっとこう冒険に満ちあふれて、楽しいモノじゃなかったのかよ。

オレは今一度、手を目の前で左右に振ってステータスプレートを表示させる。

情けないほどショボいデータが現れる。

＝＝＝＝＝＝＝＝＝＝＝＝＝＝＝＝＝＝＝＝＝＝＝＝＝＝＝＝＝

【名前】コーイチ　【種別】冒険者　【LV《レベル》】1
【HP《ヒットポイント》】5／50　【SP《スキルポイント》】5／50　【MP《マジックポイント》】3／30
【STR】8　【VIT】4　【DEX《デクステリティ》】8　【DEF《ディフェンス》】3　【MND《マインド》】0

＝＝＝＝＝＝＝＝＝＝＝＝＝＝＝＝＝＝＝＝＝＝＝＝＝＝＝＝＝

自分のステプレを見てウンザリする。それもこれも、現実世界の自分の能力が反映されていると言われれば……確かにそうかも知れなかった。

「オレって、異世界でも変わらないのか……」

「愚痴ばっか言ってても状況は何にも変わらないわよ」

――ひっ！

背後から声がして、思わずオレは振り向いた。後ろに立っていたのは。

「トリュフ！　助けに来てくれたのか！」

「んなぁワケねえだろ！　このクズ野郎！」

「ヒ……ヒイイ……」

フーッと威嚇《いかく》されて、オレは縮こまる。

「……アンタ、この異世界でも現実と同じような人生を送っていくつもり？」

「いえいえ、そんなコトはありませんで」

オレがそう答えると、トリュフはフフッと笑顔を見せる。

「だったら考え方を変えなきゃダメ。昨日も話したけどこの世界にもイノベーションが起こってるの。今まで通りの方法でやってたらずっとこのままよ。どうする？　ここで生きていくなら、やりたくないコトはやらない、やりたいコトをどんどんやるべきよ」

「……そんなコト、できるんですか」

「できるわ、それに必要なのが多動力《たどうりょく》なの！」

「だからそれって、何ですかあ」

「今言ったでしょ。やりたくないコトはやらない、やりたいコトをどんどんやる——それを実践する力よ」

「無理、そんなの無理だってば」

「アンタ、現実世界と何ら変わってないわね」

「だってえ、仕事がなかったら明日からどうやって生きていけばいいんですか。必要なのは今を生きるためのお金で、そのためにはこの仕事を……」

——ガブッ！

「痛ったあああっ！」

いきなりトリュフがオレの腕に噛《か》みついたので、思わず叫んでしまった。

「何で噛みつくんだよっ！」

「これくらいやんなきゃ目を覚まさないからよっ」

「寝てません。ちゃんと起きてますって」

「いーえ、アタシに言わせりゃ起きてないわね」

「うるさいなあ」

——ガブッ！

「痛ったああぁあっ！　二度も噛んだ！　親父《おやじ》にも噛まれたことないのに！」

「親父が噛むか！　あのねぇコーイチ……アンタが異世界に転生してきたのは意味があるからよ。何かするべきこと、したいことが誰にだってあるはずなの。わからないんじゃなくて、まだ気づいていないだけかも知れない」

「そんなモノですか」

「遠い未来の話じゃなくてもイイのよ。たとえば今、アンタがやってみたいこと、知りたいことがあれば、それが目的になるわけ」

「今ですかあ」

トリュフに促され、オレは「今何をしたいのか、何を知りたいのか」を考えてみる……あ！

「思い浮かんだ？」

「ええ、今日ずっとこの……フォンの組み立てをやってたんですけど、これって思ったよりシンプルにできてるなあって」

「現実世界のスマートフォンと、ほぼ同じ構造だからね」

「ほら、たとえばココ」とオレは組み立て途中のフォンを指さす。

「薄っぺらい石の板を剝がすと中身のほとんどがバッテリーだったんです。アンテナやカメラ、スピーカーもついていますけど、フォンの核であるロジックボードに相当する部分なんか……小指の先くらいの黒い基板じゃないですか。ここに伝達魔法《でんたつまほう》っていうのが入っているはずで」

「うんうん、それで？」

「思ったんです。伝達魔法って一体、どうなってるのかなあって——この国のプラットフォームをほぼ牛耳《ぎゅうじ》っている巨大企業ゴガイアが、その技術の核としているのが伝達魔法じゃないですか。オレも伝達魔法が使えたら、この国で活躍するチャンスがあると思うんです。少なくともこんな小汚い工場で奴隷みたいにコキ使われることもなく」

「それよ！　コーイチ！」

トリュフが鼻をふくらましていた。モフモフの尻尾も激しく揺れているではないか。

「アンタ、あの兄弟にダマされてこんなところで働かされてるけど、それに気づけただけでも少なくともここに来た意味はあったというワケね」

「そうかも知れませんけど」

「だったらコーイチ。今すぐにこのフォンの仕組みについて調べるといいわ」

「でも、誰に何を聞いたらいいのか、いまのオレにはまったく……あ、嚙まないで！」

またしても腕に嚙みつこうとしていたトリュフを制する。どうやらこの猫耳美少女、弱気なコトを言ったら噛みついてくるようだ。

「今のアンタがどういう状態かなんて、知ったこっちゃないわよ。いい？　専門外の情報や知識が**わからないのは当然よ。だったら自分で調べたり、ほかの人に聞けばいいだけの話じゃない**」

「うんうん」

「それこそ――フォンだったら、開発した本人に聞けばいい」

「巨大企業ゴガイアの？　大賢者ライーシに？」

「そう」

「できるの？」

「できると思ってないと一生できないわよ」

うーん、とオレは逡巡《しゅんじゅん》してしまう。

それって、iPhoneのことを知りたくて、スティーブ・ジョブズに話を聞きに行くことと同じだと思ったからだ。

「あーアンタいま、無理だって思ったでしょ。アタシに噛まれたくないから黙ってた」

「お、思ってない思ってない」

イカン、心を読まれてしまっている。

「思っていたのは、どうすればその……大賢者ライーシに会えるのかってコト。この異世界に彼がいるのはわかっているけど、そんな簡単に会える人とは思えないから、何か作戦を練らなきゃいけないなあと」

「そのくらい、何とかなるわよ……**とにかく、そう思ったら実行に移すこと。今やりたいと思ったことをとにかくやる。**じゃあね」

——フッ、と彼女は消えてしまう。

入れ替わるように、工場のドアがバアンと乱暴に開けられた。イラックだった。

「おい新入り、ちゃんと仕事してるか！　サボってねえだろうな！」

「は、はいっ！　一生懸命にフォンを組み立てております！」

「こっちは、お前のために照明をつけてやってんだぞ。経費の無駄遣いをお前はやらかしてんだ。それをわかった上で仕事にはげめ。今日中にそれができなかったらクビだからな」

「……はい」

これが現実ってやつだ。

ん、異世界なのに現実って何だ。

もう、ワケがわからない。

○

翌朝。

異世界ブラック企業ペデックに向かっていたオレは、不思議なモノを見た。

——ヒュウウウウン！

奇妙な音を響かせて、街のはずれから空に向かって上がっていく。

「お、あれは？」

目を丸くして見ていると、周囲の人々が呆れたように声を上げる。

「じいさん、またやってるよ」

「朝からよくやるよなあ」

——じいさん？　朝から？

「あのう、あれって何ですか」

道行く人に訊《たず》ねると、彼は面倒くさそうに答えた。

「物好きのじいさんが、天空に打ち上げる機械を作ってんだよ」

「へええ……」

空に舞い上がるそれを眺めながら、オレの身体がゾクゾクしてくる。

——あれって、ロケットじゃないか？

そういえばこの異世界に来てから、空を飛んでいる乗り物は見ていなかった。

すごいぞ。

宇宙を目差している人がいるんだ！

……あ。

だがしかし、ヒュルルルル……と放物線を描いて力なく落ちて行く。

「ほーら、また失敗だ」

「上手《うま》くいくワケないから、諦めればいいのに」

腐すような街の人たちの言い方――そうか、この異世界でも……。

「あのお、天空に打ち上げる機械って、作るの大変なんですか」

「見りゃわかるだろ。あんな風に何度も失敗してんだ。懲《こ》りないよなあ、ドックじいさん」

――へえ、根気強い人が異世界にもいるんだ。でもオレの世界と同様に、なかなか現実は厳しいものがあるみたいだ。

厳しいと言えば、異世界にいるオレにだって抜け出せない現実があった。

一方的な契約を交わし、残業代ナシで深夜までオレを働かせる――これがイラックとガネックの兄弟が経営するペデックのやり方だった。

現実世界の会社なら、新入社員にはしかるべき研修を受けさせてから業務に入るものだと思っていたが、この世界では違うようだった。

オレの能率が悪いのか？

まあ確かに手元が恐ろしく不器用なオレだから文句は言えない……にしても初日からタダ働きで深夜残業させる経営者のやり方は、どうみてもブラック企業だろう。

つまり現実世界も異世界も、オレにとっては変わらないというコトだった。

「今やりたいと思ったことをとにかくやる」って昨日トリュフは言っていたけど、そんなコトが簡単にできるのだったらとっくにやっているって。

とにかく今、オレは現実を受け入れるしかなかった。

ほかの働き人にとってペデックはどうかと言うと、これまたブラックであった。

出社二日目に、恐ろしい雇用形態を見ることになる。

「はいこれ」

弟である襟足の長いガネックが、出社してきた働き人たち一人一人に袋を渡している。

「あれ、何ですか？」

オレは反射的に横にいたヤツに聞いてみた。

「お前、知らねえのか。あれは給料袋だ」

「じゃあ、今日は給料日なのかな」

だとしたら助かると思った。金がないオレにとっては、翌日が給料日であれば昨日働いた分がすぐ手に入るワケだ。

「新入り、お前、知らないんだな——ここの給料は、前日の分が翌日出社してきた時に手渡しされるんだよ」

「よ、翌日に？」

少し驚いていた。これってほぼ日払いじゃないか。

学生時代に日払いのアルバイトをしたことがあった。当時もまあ、貧乏だったから助かったのを覚えているが、まさか異世界に来てまで日払いだとは。

でも、

「どうして働いたその日に給料が渡されないで、翌朝に昨日の分が渡されるんですか」

「お前、ここの仕事をずっとやりてえのか？」

「いえ……正直にいうと」

一日も早く辞めたかった。でも当座のお金がなければ生活ができない。ある程度の金額を稼いだら辞めようと思っていた。

「辞めたい……よな。オレだってそう思ってるよ。だけど今日、仕事をバックレて、昨日の給料がもらえないとしたら」

「ああ、それで」

ペデックで働く人は、おそらく今日明日の金に困っているのだろう。であれば昨日の分を受け取るには今日も出社しなければならないというワケか。

何と阿漕《あこぎ》な……。

「それだけじゃねえよ。ここのひどいトコなんだが……まあ、見てな」

何だろう、とオレは不思議に思って前を見る。

「——んだよコレ！　半分しか入ってねえじゃねえか。ダマしやがったな！」

「人聞きの悪いことを言わないでくださいよ。こっちは働いた分だけの給料を支払っているだけのコトですよ」

「働いた分だとぉ！」

激昂《げきこう》している男が食ってかかっているが、ガネツクは動じない。

「ふざけんな。オレはちゃんと朝九時から夕方六時まで働いたじゃねえかよ。それなのに何で昨日の給料が半額の——銀貨二枚と銅貨五枚になってんだよ。詐欺だぞこれは」

「おやおやあ、随分な言い方ですねぇ——ではコレを見てください」

イッヒッヒ……と笑いながら、ガネツクは胸元からフォンを取り出した。

「これは昨日、アナタが組み立てたフォンですが——ここを見てください。残念なコトに端っこの部分にキズがついてしまっています。これでは売りものにならない」

「……オレが組み立てたって証拠はあんのかよ！」

「ありますよ。組み立て担当者ごとにシリアルナンバーを振ってアナタ方に渡しております。ちなみにこの『λΩ⊖Π⊥Ж』が、アナタが組み立て担当だという番号表示です」

クッと男が顔をしかめる。

「残念ですがこのフォン、キズものになってしまったので、商品としての価値が下がってしまったのですねえ。その損失分を昨日の給料である銀貨五枚から引かせていただいた次第です」

「こ……こんなトコ……」

「辞めてやる！　ですか？　結構なコトですな。でも辞めてどうします。またホームレスに逆戻りになりますよ。それでもいいなら辞めてください。ちなみに契約途中で辞める場合、この銀貨二枚と銅貨五枚もお渡しできないと契約書にあります」

「何だと」

男の顔が怒りの赤から、恐怖の青に変わっていくのがわかる。

「そう書いてあった契約書にアナタはサインしたのです。決めたことを破るなら、こちらも出るトコに出ても一向に構いません——さあどうします。辞めますか、働きますか」

「……わかったよ！」

捨てゼリフを吐いて、男は工場の中に入っていった。

「な、ヒドイだろ、新入り」

オレの横にいた働き人が、諦めたような顔をしてオレに言った。

「こんなの……法律とかコンプライアンスとか、どうなってんだ」

「どうなるも、こうなるも、これがココのやり方らしいぜ。嫌だったら、とっとと辞めればいいんだけどな。そうもいかない連中ばっかりだから」

目の前が暗くなっていく。

さっきの男はホームレスだったとガネツクは言っていた。背に腹は代えられず、こうしてズルズルとここで働くことになるのだろう。

でもそれはオレも同じじゃないのか？

「次は——おお、昨日の新入り冒険者様じゃないか。今日も出社ご苦労さん。はいこれ」

渡された給料袋を、オレは恐る恐る開封する。

中には金はなく、一枚の紙切れが……。

オレはそれを取り出した。

「何だ、これ？」

読めない文字にオレが戸惑っていると、ガネツクが覗き込んできた。

「代わりに読んでやるよ――冒険者コーイチの給料はマイナス銀貨一〇枚」

「うえええええ！」

思わず叫んでしまい、出社してくる働き人たちの注目を集めてしまう。

「給料にマイナスって、どういうコトですか！」

「今さっきのやりとり、聞いてたでしょ」

「ええ」

「じゃあ話は早いですね。冒険者コーイチは昨日、傷だらけのフォンを四つもこしらえてくれたんですよ。なので昨日と今日はただ働き」

「…………」

言葉が出てこなかった。これじゃあ労働ではなくって、奴隷じゃないか。

「文句があるならどうぞ……ただしこっちには契約書がありますからね……イッヒッヒ」

自信ありげにニタニタ笑っているガネツクの前を、オレは肩を落として通るだけだった。

「あ、それから冒険者さん。アンタ、組み立て工場では使い物にならないから、今日から雑用として働いてもらうから」

「雑用？」

「部品を運んだり、トイレ掃除したり、私の肩を揉《も》んだり……いろいろです」

「……わかりました」

お前の肩揉みだけは絶対に嫌だけどな。

○

「何で啖呵《たんか》切らなかったのよ。『こんなトコ、辞めてやる!』って」

トリュフがあきれ顔でオレを見ている。

オレはゴム手袋をはめて男子便所の壁を磨いていた。もう何時間も経過している。

「…………」

トリュフの問いに答えず、黙々と磨き続ける。もうピカピカになっていた。

「聞いてんの？　何で辞めないのって言ってるでしょ」

「辞めるよ……いずれな」

「そんな悠長なコト言ってると、あっと言う間に人生終わっちゃうわ」

「じゃあ聞くけどさ。オレはいま、この会社——異世界ではコンパニルって言うんだっけ——に損失を与えてるんだぜ。これをどうしろっていうんだ」

「バックレちゃえばいいじゃない」

「できるならそうしてる、けれど約束は守らなきゃいけないだろ」

「…………」

今度はトリュフが黙り込んだ。悲しそうな目でオレを見ている。

「どうした。オレの腕に噛みつくんじゃないのか」

「アンタ……人がよすぎる」

そう言ってトリュフがオレの前に手をかざし、サッと上下に振った。

ファンと現れたのは、スマホサイズの小さい画面だ。

「……これって」

「イラックとガネツク兄弟がいる——このコンパニルの執務室の様子よ」

トリュフがこんな能力を持っていることも驚きだが、オレをもっと驚かせたのは、画面に映っている経営者兄弟のやり取りだった。高級そうなテーブルに向かい合って、ニヤニヤしながら金を勘定している。


——イッヒッヒ……兄さん。働き人を操るのは、たやすいですねえ。

——契約書にサインさせれば、こっちのモンだからな。

——フォンにキズをつけたら減俸を鵜呑みにしてるアイツら、本当にアホ。

——オレたちがつけたキズなのに、何の疑問も持たねえんだから。

——このくらいのキズなら全然問題ないのにねえ……イッヒッヒ。


「はいこれ、ライブ映像です。はらわた煮えくりかえらない？」

「ええ、それはもう……マグマみたいになってます」

「じゃあ話は早いわね。**やりたくないコトに時間を費やすなんてもったいないでしょ。**今すぐゴム手袋を外してトイレから出て、ここから出て……」

「いえいえ、トリュフさん。オレはここにまだいますよ。モーレツにやりたいことができたからです……この詐欺師兄弟を」

「ボッコボコにしてやる？」

「ええ、でも今はまだどうやって実践するか方法がわかりませんから、雌伏してタイミングを見ようかと思います」

「うん。それは面白いアイデアね……乗ったわ。ついでに言うとアンタのその怒りのエネルギーが、いい方向に向かおうとしているから応援してあげる」

「どういうコトですか」

「今日一日は、頑張って社畜になっていなさい。いずれわかる」

フフッと笑って、トリュフはまた消えてしまった。

《冒険者コーイチ、今すぐ工場に来い！》
ガネックの声がスピーカーから響く。
声を聞いただけでも虫酸《むしず》が走りそうになるが、オレは逆転のチャンスを狙うべく、腹に怒りを抑え込んでトイレを出た。

工場に行くと、イラックと、組み立てラインの責任者が「こっちだ」と手招きしている。

責任者が金属の部品を手にしている。掌《てのひら》サイズの歯車のような形だった。

「お前におつかいに行ってもらう」

イラックがもったいぶってオレに言う。

「何のおつかいですか？」

「フォンの部品を担当者に運ぶコンベアのパーツがな、この通り欠けてしまったのだ。今はスペアで何とかしのいでいるが、スペアのサイズが小さくてうまく回らないようだ。なのでこれをすぐに修理してもらえ」

「わかりました」

この空間から一分でも抜け出せるなら、ありがたい話だと思った。

「地図を渡しておくから、早く行って、早く直してもらって、早く帰ってこい」

「そんな早く早く言わなくても……」

「お前のコトだ。また『この世界に来たばかりだから』とか、言い訳をするであろう」

ふん、わかってるじゃねえか。搾取《さくしゅ》しているクセに。

「だから地図の通りにドックじいさんの工場に行って、これを修理してもらってこい」

「ドックじいさん？」

それって、ロケットを開発してる人のことじゃないか。

「あ、それと言っておくが、くれぐれも途中で逃げようなんて思うなよ。この世界は狭いから、お前ごときはあっという間に捕まえられる。職場を放棄したら……契約書では一カ月分のただ働きになるから覚悟しとけ」

はいはい、そんなコトまで人をダマすように契約書に盛り込んであったのですね。

オレは歯車を持って、ペデックを出た。

○

転生したあとに歩いてみた異世界だったが、現実世界の都会のように町はずれには小さな工場が点在していた。下町みたいな感じだ。

ガネツクから渡された地図を頼りに川沿いに歩いていくと、鉄の塀に囲まれた重々しい工場が現れる。これが「ドックじいさんの町工場」のようだ。

壁づたいに回り込んで入口に向かうと、

カコン、ギーッ!

カコン、ギーッ!

――何だこの音。普通の工場の作業音とは違うと思うんだけど。

不思議に思いながら門の前についたオレは、重そうな鉄扉《てつぴ》をギイイと引いた。

「ワ、ワワワワ……何だコレ」

視界に飛び込んできた光景に、驚きの声を上げてしまう。

テニスコート一面くらいの工場。屋内と屋外にさまざまな金属のオブジェが並んでいた。でもこれ、オブジェというより……。

「何だぁ、おめえは」

自動車のような（でもなぜか翼がついている）乗り物の車内に上半身を突っこんでいた老人が、入ってきたオレに気づいて声をかけてくる。

その容貌——てっぺんハゲに両脇にロン毛の総白髪……マッドサイエンティストのようだ。着ているものは薄汚い白衣だし。

「あ、あのぉ……ペデックのおつかいで来ました」

「ああ、部品を直してくれって連絡があったわ。お前さん、あの兄弟の奴隷か」

「奴隷って……」

言い方がストレートすぎて返す言葉がないじゃないか、本当に奴隷みたいなものだし。

「何だ、図星か。カワイソウになあ。まだ若いのに、さんざんコキ使われて」

「ご存じなのですか」

「この国で、あのイラックとガネックの強突張り《ごうつくば》り兄弟を知らねえヤツはいねえよ。お前さんもさしずめ、何もわからずに契約書にサインしちまって、それで奴隷のように働かされてんだろ」

「おっしゃる通りです」

「まあ、あんな馬鹿兄弟にはいずれ天罰が下るとは思うが、それを好き勝手にやらせてるゴガイアのやつらも能無しだな。ライーシは大賢者と言われておるのに」

スゴイ——このジイサン、巨大企業ゴガイアや大賢者ライーシをディスするのか。

「でもお前さんみたいな、なーんも考えねえでズルズルと働いてるヤツがいるから、ブラック企業がのさばるんだがな……で、修理する部品は？」

「あ、はい。これです」

じいさんに壊れた部品を渡す。

「ああ、こりゃヒドイなあ。ちゃんと油さしてねえからこうなるんだ。さしずめ、油代がもったいないからってケチってんだろうが、それが却《かえ》って損をするんだ……なあアンチャン」

「は、はい！」

「ワシの工場に興味があるのか？」

「ええ、そりゃあもう」

じいさんの話そっちのけで、オレは工場の中をジロジロ見まわしていた。

ガラクタ——といえばそれまでだが、何かこう、面白そうなモノがいっぱいあるのだ。翼のついた自動車みたいなのはもちろん、へんてこな品物だらけ。

「これってみんな、あなたが作ったんですか」

「そうだ。ぜーんぶ、ワシ一人でこしらえた」

「動くんでしょうか、たとえばアレとか」

オレは翼自動車の先にある、人型ロボットを指さす。

「ああ、動くぞ。ここにあるワシの発明品は、すべて実用的なものだからな」

すごい、すごいぞ――とオレはちょっと感動していた。

インチキ発明家の失敗作かも知れないが、この下町工場のじいさんは自らの手でロボットなんかを作っているというのか。

「お前さん、興味があるようだから動かしてやる」

そう言ってじいさんはロボットに近づくと、その後頭部に手を回した。

――ウィン！

目が赤く光る。すると次に、

――カタカタカタ……と機械音が聞こえてくる。

ロボットが、人間と同じように二足歩行を始めたではないか！

「うわぁ、すごい！　すごいですよ！」

「そうかい？」

皺《しわ》だらけのじいさんが、笑顔でもっと皺くちゃになる。とても嬉しそうだった。

「こいつは自動人形っていってな、自分で動くことができる。いずれは人の仕事を手伝うくらいにまでは仕上げたい」

町の発明家が、こんなところにいたなんて――感動的な話だ。

「だがなあ、ワシとしてはコイツに、人の心を持ったロボットになって欲しいと思ってるんだが。もう少し手間暇かかるなあ――完成が先か、ワシがくたばるのが先かってな」

はにかむじいさんが眩《まぶ》しく見えた。

好きなことに徹底的にハマっている人だと思ったのだ。

「あのぉ、またここに来てもいいですか」

「来るモノは拒まずが、ワシのモットーだ。来たい時に来ればいい……その前にペデックの仕事だな。しばらく時間がかかるから、気に入ったものがあれば触ってもいいぞ」

「ありがとうございます」

お言葉に甘えて、オレはじいさんが開発したというロボットや翼付き自動車を見学させてもらう。

――と、工場の隅の、見たコトのない円柱形の大きな物体に目がとまる。

「あれは？」

「ああ、あれか？　天空を翔る機械じゃよ。まだ半分もできておらんがな」

「おおおおお！」

腹の底から感動が湧き出てくるのがわかる。

つまりコレって、今朝見たロケットじゃないか！

「すごい。すごすぎる！」

「何だあ、アンチャン。興味津々だな」

「宇宙――あ、こっちの世界では天空か――そこに行くのがオレの夢なんです」

「ほお、同志だな」

じいさんがニッと笑う。

「こいつはまだ試作段階でなあ。今朝も河川敷から打ち上げてみたんだが、出力が足りんようで、まだまだ天空には届かないでなあ……だがエンジンの設計に間違いはないはずだ。近いウチに高く飛ぶことができるだろうて」

「へえええ……」

街の人たちはディスっていたが、このじいさんはずっとロケット開発をしているんだ。

「じいさん、どうしてこれを作っているんですか？」

「同志のアンチャンなら、わかるだろ？　行ったことのない天空に飛んで、このオランジェラ国を眺めてみたい。それとな、天空に行けるようになれば、新しいビジネスができるかも知れん」

「オレもそう思います！」

うんうん、とオレは激しくうなずく。

「まあ、焦らずボチボチとやっていこうかと。それと、こいつに名前をつけないとな」

「じゃあ、オレの国の言葉で、天、翔、機——テンショウキっていうのは、どうですか」

「テンショウキ——悪くないな。それでいこう」

じいさんが部品の修理をしているあいだ、オレはずっと天翔機なるロケットを眺めていた。

○

「どうだった——ドックおじいさんの発明品は？」

「すごいの一言に尽きるな。このオランジェラ国に、あんな発明をしている人がいるなんて、感動的だったよ。天翔機っていうロケット。それから自動人形っていうロボット」

じいさんの工場からペデックに戻る道すがら、横に現れたトリュフと話しながら歩いていた。

歩きながら、オレは横目でトリュフをチラ見する。機嫌良さそうにフフン♪と鼻歌を唄《うた》いながらトリュフは前を見ている。ピクピクと動く猫耳、風になびく髪、モチッとしたホッペ、とろんとした目に長い睫毛《まつげ》……どれをとっても、可愛《かわい》い……。

彼女いない歴二十ン年のオレにとっては、美少女とのデートみたいなシチュエーションで、なんかもう……こんな感情は初めてであり……いかんいかん、また心を読まれそうだ。

「でもあのじいさん、ロボットは作れたけど、あれに人間と同じ〝心〟を入れることはできないってボヤいてたなあ。それがあれば天翔機の操縦だってできるだろうし」

「人工知能――AIってコトでしょ」

「トリュフ……君は現実世界のテクノロジーに詳しいんだね」

「まあね」

――いったい何者なんだろう。疑問がますます深くなっていく。

「だったらコーイチ、アンタがおじいさんのロボットに人工知能を組み入れてあげればいいんじゃないの。アンタならできると思うけど」

「無理、そんなの無理だって。オレはまだオランジェラ国のブラック企業、ペデックに社畜として雇われている奴隷みたいな存在だよ。AIなんてまだ、とてもとても……」

刹那《せつな》――サッと腕を引く。トリュフがまた噛みつこうとしていたから。

「わかったよ、トリュフ。ＡＩがこの国でできるように頑張ってみるから……でも、どうすればこの国のＩＴ技術を身につけることができるのか、それから考えないと」

「そんなの簡単よ」

「言うよなあ、君は」

「まあ、どうにかなるわよ。大事なのは、**専門外の情報は恥ずかしがらずに詳しい人に聞くこと**」

「大賢者ライーシにだろ――話ができるチャンスはあるのかな」

「あるある、楽しみにしててねっ」

そう言ってトリュフは可愛くウインクして消えてしまった。噛みつかなかったり、ドＳ的な罵倒さえしなければ、いたって可愛い猫耳美少女なんだけどな……。

それにしても――オレは思う。

スマートフォンに相当するフォンを作った人――大賢者ライーシ。この国すら牛耳っている人に出会ったとして、オレは何て話しかければいいんだろう。


オレがペデックに戻ると、工場内はもちろん、全体がバタバタとせわしなく人が往来している。一大事があったとしか思えない。

「あのう、何かあったんですか」

荷物を運びながら走っている人を呼びとめてみると、面倒くさそうな顔をして返してきた。

「ここに、大賢者ライーシ様が視察に来られるそうだ。イラツク、ガネツクが大慌てで働き人たちに命令してんだよ。こんな汚い工場にライーシ様を迎えることはできないから、目に付く汚いものは今すぐ片づけろって……でもあと数分で到着するらしいぜ」

じゃあな、と言って彼は去っていく。

「コーイチ、戻ってきたか！」

後ろからの声に振り向くと、イラックが駆け寄ってきた。額にうっすら汗をかいている。大賢者ライーシの訪問が決まったことで慌てている様子は見て取れた。

「お前、おつかいはちゃんとできたか」

「この通り」

じいさんが修理してくれた歯車を渡した。

「よし……お前はこれより便所掃除にいそしめ」

「いそしめ？」

「そうだ、これから大賢者ライーシ様がペデックにいらっしゃるのだ。お前みたいにポンコツな働き人を晒《さら》すワケにはいかないから、ずっと便所に籠《こ》もっていろ。絶対に出てくるな」

「……わかりましたよ」

コイツはどこまでオレを蔑めば気がすむのだろう……。

《大賢者ライーシ様一行、ご到着です！》

ライーシの来訪を告げるアナウンスが響く。

イラックが鼻の穴をふくらませた。

「手の空いている者は、ライーシ様のお出迎えをするべく入口に並べ！　工場のラインにいる者はいつも通り、真面目な働きぶりを示すのだ……よ、よいな、ぬかるなよっ」

余裕のない声だった。

「コーイチ、何してんだ。お前はとっとと便所に行け！」

「……はいはい、わかりました」

ふてくされながら、オレは持ち場である便所に向かった。

「ったくもう。トリュフが言っていたチャンスのハズなのに、どうしてオレだけが便所に閉じ込められなくちゃいけないんだよ」

ブツブツ言いながら便所に入って、掃除用のゴム手袋をはめる。

すると、外が騒がしくなってきた。

ああこれはライーシ一行がペデック内に入ってきたのだろうと推測される……が、その騒がしさがどんどん近づいてくるような。

――バン！

と勢いよく便所のドアが内側に開かれ、入って来た人物と目が合う。

「…………」

相手は数秒ほど無言でオレを睨み付けていたが、その表情の固さはオレを警戒していたためではなかったようだ。

「使って……よいか。掃除中のようだが」

「ええ、どうぞどうぞ」

話しかけてきた相手は、こらえきれないように小便器の前に立つと用を足し始めた。


「ちょっとぉおお！　ライーシ様ぁあああ、そこの便所はぁああ！」


外から響いているのは、今さっきオレを便所に押し込めたイラックの声だった。推測するに、オレというポンコツを見せたくなかったのだろう。

だが便所のガラス戸の向こうに見えるのは、屈強そうなボディガードに阻止されているイラックの哀れな様子だった。

——となると、これは確定だ。

オレは、目の前で用を足している大賢者ライーシの後ろ姿を凝視する。

黒いタートルネックのシャツ、下は青のパンツ。異世界の住人とは思えないファッションだった。

薄くなった髪、銀縁のメガネには知性を感じる……ん、どこかで見たような。

「私に用か？」

「ひっ……後ろが見えているのですか」

「嫌でも気配を感じることはできる……それとこの壁だ」

ライーシが指さす壁を見る。

オレがピカピカに磨き上げた壁は鏡のように、彼とオレの姿を映し出していた。

「君が磨いたのか」

「はい」

「いい仕事だ」

「ありがとうございます……あのぉ！」

オレは腹に力を入れて声を張る。これがトリュフが言っていたチャンスなのだろう。

「質問か？」

「はい」

「いいだろう。ただし私は忙しい。このトイレを出るまでの時間――三問だけ許そう」

「それだけ……ですか」

「**質問力はビジネスで必須の能力だと心得よ。論点が整理された質問でなければ、自分も相手も無駄な時間を過ごすだけだからな**」

「わかりました――では一問目。自分も大賢者ライーシ様のようになりたいのですが、どうすればなれるでしょうか？」

「愚問だ」

「ウッ」

いきなりダメ出しをされて、言葉に詰まってしまう。

「いいか青年。この世に大賢者ライーシは二人もいらない。なぜなら大賢者ライーシはここにいるからだ。私の仕事は私にしかできない。次の質問は？」

――うう、鋭い。

もの凄《すご》い威圧感に気押されそうになるが、グッと堪える。

「二問目です。どうすればオレも伝達魔法を身につけることができますか――フォンの部品を見て思ったのですが、チップの部分だけはゴガイアが製作していて、これはあなたにしか作れないのではないかと思ったのです」

「うむ、いい質問だ」

ライーシはうなずきながら、身体を上下に軽く動かしている。

ズボンのチャックを上げたライーシが、オレに向き直った。

「確かに君の言う通り、フォンのコアな部分は私の伝達魔法Rで作られている。そこまでは教えることはできるが、伝達魔法Rについては企業秘密だ」

やはり伝達魔法はライーシのみ使えるものなのか。だから今は〝R〟を付けたのか。

「考えてみたまえ、立場が逆だとしたら君は第三者に自分の特許を教えるか」

なるほど、とオレは思った。異世界にも特許技術という概念はあるのだろう。

「おっしゃる通りです――これも愚問でした」

「いや……」と、ライーシは何かを考えている顔になった。

「実は伝達魔法を修得しているのは私だけではない――それ以上のことは言えないが、君は聡明《そうめい》そうだから私が何を言いたいかわかるだろう」

「……はい」

その人物を自力で捜し出せばいいだろう――と言いたいのだ。

「だが、こうも言える。伝達魔法Rを教えられないのは、この魔法が諸刃《もろは》の剣であるからだ。使い方を間違えれば、これほど怖いものはないことを君は知っておくべきだろう。最後の質問は？」

そう言いながらライーシは手洗い場に向かった。

「はい……ええと」

――本当はもう質問はないのだが……あ、そうだ。

「大賢者ライーシ様は、ここの労働環境をご存じないのですね」

「……何が言いたい」

メガネの奥の目が光った。

オレは臆することなく伝える。

「フォンの商品イメージに関わることです。これ以上申し上げずとも、ライーシ様にならご理解いただけると信じております」

「了解した。私が何らかの行動を起こしたら、それが返答と思ってくれ」

「ありがとうございます」

「時に――青年」

手を洗い、ポケットからハンカチを取り出して手を拭いながら、ライーシが振り向く。

「今どき、下請けのコンパニルには珍しい人材と見たが、名前を聞かせてくれ」

「はい。私は違う世界からこのオランジェラ国に転生して参りました、冒険者コーイチと申します。今後ともお見知りおきください」

「転生者か……わかった。記憶に留《とど》めておく」

手を洗うと、大賢者ライーシはオレに振り向くことなく便所を出て行った。


「ライーシ様ぁあああ、ウチのポンコツに失礼はありませんでしたかあああ……」


不安げなイラックの声が、去って行くライーシと共に遠くなっていく。

代わりに、すぐ近くで聞こえた声。

「どうだった？　コーイチ。質問して得たことはあったの？」

オレの横にトリュフがすかさず現れた。

「ああ、君のアドバイスのおかげで、恥ずかしがらずに大事なコトを聞き出すことができたよ」

「だったらここを辞めなさいよ。アンタは、あんな強突張り兄弟のためにではなく、**自分の時間を生きるべき。仕事は選ばなくっちゃ**」

「そうだね。ここにはもう用がなくなった」

オレは大賢者ライーシにはなれないけれど、伝達魔法を身につけるコトはできるかも知れない。

「どうしても会いたい人ができたんだ——その前に当座の金が必要だけどな」

「何とかなるわ」

「ああ、何とかなると思う」

そう思っていれば、何とかなるはずだ――根拠のない楽観的な自信ができていた。

○

「勝手にペデックを辞めてきました」

「ほお、アンチャン――大胆なコトするなあ」

ドックじいさんは、ニコニコと笑いながらオレを見ている。

イラツクとガネツクの兄弟が大賢者ライーシの訪問でバタバタしていた隙に、オレはペデックを抜け出し、ドックじいさんの工場に戻っていた。

「だがよぉアンチャン――確かペデックの契約書には〝職場放棄したら一カ月のタダ働き〟とか書いてあったんじゃねえのか」

「よくご存じですねえ。確かにそんな気がしますけど無視しますよ。読めないのに無理矢理《むりやり》サインさせられた契約書なんて、従う義務はないと思います」

「そりゃそうだ」

それに、オレには確信があった。

ペデックの雇用不正を大賢者ライーシが把握したら、あの強突張り兄弟に何らかのペナルティが科されるハズだ。やつらはオレへの契約云々《うんぬん》を言っていられなくなるだろう。

「ほぉ、アンチャン――アンタに朗報かも知れねえぞ」

じいさんは、自分のフォンを見ていた。

「いまさっき、巨大企業ゴガイアの大賢者ライーシが、ペデックへの発注を停止したそうだ。あの強突張り兄弟も息の根を止められたな」

そう言ってじいさんが、オレにフォンの画面を見せる。

「これは？」

「巨大企業ゴガイアの賢者の一人である、ノイマーが開発した〝ツブヤキ〟機能の一つだ。こんな風に大賢者ライーシは、今思ったこと、やったことを短い文章で〝ツブヤキ〟に公表している」

異世界のツイッターなのだろう。オレには読めない文字だった。

「なあじいさん、何て書いてあるのか教えてくれよ」

「ああ、いいよ」

《つい先程、フォン組み立ての発注先であったペデックとの取引を停止した》
《経営者イラックとガネツク兄弟は、働き人を不当な契約で搾取《さくしゅ》していたのだ》
《私はフォンに携わる者の不正を許さない。改善が見られるまで取引停止だ》
短いセンテンスで、分かりやすく自分の主張を公表していた。さすが大賢者ライーシ。

彼は「私が何らかの行動を起こしたら、それが返答と思ってくれ」とオレに言っていた。早くも行動したというわけか。感心してしまう。

「まあこれで、あの兄弟も少しは心を入れ替えると思うがな……これでペデックの働き人の待遇は少しはよくなるだろう」

「いいやじいさん、違うと思うよ」

オレは否定する。

「ペデックが、巨大企業ゴガイアからのフォン組み立て受注ができなくなるというコトは、あそこの収入源がなくなる。だとするとあの兄弟は真っ先に働き人たちのクビを切ると思う」

「ああ、アンチャン。アンタの言う通りかも知れねえな。それにアイツらのことだから、うわべでは大賢者ライーシに反省する態度は見せるが、腹の中は違うだろうな——まあ、あんなトコは早く潰れちまった方がオランジェラ国の人々のためになるだろう。ところでアンチャン、アンタもあっこを出たってコトは仕事がなくなったんだろうが」

「だから、ここに来たんですよ」

「なるほどな……」

じいさんは考える顔になる。

「ここで働かせてください——って泣きついて来たんだと思うが……残念ながらワシの工場は人手が足りてるんだ。というか、ワシが趣味でやっているようなモンだから、もとよりココにはワシ一人しかおらんでな。悪いが」

「そうではないんです」

「ほぉ、違うとな」

ドックじいさんは意外そうな顔をしてオレを見た。オレも、今から話す内容が突拍子もないコトだと承知しているが、これは賭けだ。

「オレに出資してくれませんか」

「アンタにか——いったい何をするつもりだ？」

「実はさっき、大賢者ライーシに会って話をしたんです。オレも伝達魔法が使えるようになりたいから教えてほしい——って」

「ずいぶんと大それたコトを」

「でしょう。案の定、断られましたけどね」

「そりゃあそうだ。伝達魔法といえばライーシしか使えない、専売特許みたいなモンだからな」

「ところが、そうでもないみたいです」

「……ああ、アンチャン、アンタが言いたいコトがわかったよ」

ドックじいさんがうなずいている。

「ワシくらいの年寄りしか知らないコトかも知れんが、伝達魔法が使えるのは大賢者ライーシだけではなかったたな」

「そうなんです。ライーシはそう言ってました」

「だが、伝達魔法が使えるもう一人の大賢者——名前は確かヤシと言ったな——そいつはいま、このオランジェラ国にはおらぬぞ。西の国におる」

「え？」

「何じゃ、知らんのか。それでアンタはヤシを訪ねようと思ったのだな。まあ西の国はそう遠くはないが……ところでその伝達魔法の話とワシに出資を頼む話とは、どう繋《つな》がるのだ」

「あれですよ――じいさん」

オレは工場の隅でうずくまっている自動人形を指さした。

「じいさんはこの自動人形に『人の心』を入れたいって言ってましたよね。オレがもし大賢者ヤシから伝達魔法を得ることができたら、それができると思います」

「アンチャン……アンタ、何者なんだ」

「さっきは自己紹介しそびれましたが、オレは違う世界から来た冒険者コーイチといいます。前の世界ではシステムエンジニア……ええと、こちらで言う伝達魔法の操作を仕事にしていました」

プログラムが組めるワケだから、ウソではないだろう。

じいさんは、とたんに目を輝かせてオレを見ている。

「なるほど、アンタはワシの出資を受けて大賢者ヤシの元へ行き伝達魔法を身につける――でもってここに戻ったらあの自動人形に〝心〟を吹き込んでくれるワケか――面白いじゃねえか！　その話、乗らせてもらおう」

――何てモノわかりのいい人なんだ。

「ありがとうございます！」

「だがな……残念なことに、アンタに出資する金はない。ご覧の通りウチは貧乏工場だから、ワシ一人が食っていくだけで精一杯でな」

「え……」

「そんな、露骨に残念な顔をせんでもよいじゃろうて」

「でも金がないってのは」

「アンチャン、アンタが今必要なのは金ではない。大賢者ヤシの元へ向かう足じゃないか」

「あ、そうですね」

「ほれ、そこにあるブートルをくれてやる。それですぐに旅立つがいい」

じいさんが翼付きの自動車みたいな乗り物を指さしている。

「これを……オレが運転するんですか？」

「臆するな、操作は簡単だ。こいつは地上も走るし空を飛ぶこともできる」

オレにできるんだろうか……不安になりながら、翼付き自動車——ブートルに近づく。

本当だ。作りは自動車と同じだけれど、「天」と「地」と書かれたサイドレバーがある。

「このジジイには手に余る乗り物でな。いい機会だから、アンタにこれをくれてやる。もし伝達魔法を取得できなければ、ワシの元でしばらくタダ働きだ」

カッカッカ——とドックじいさんは快活に笑った。

「……それに、善は急げというか、逃げるが勝ちというか、いますぐにでも旅立った方がよさそうなコトになってきたぞ」

ほれ──再びフォンを見せる。
「今度はイラックが書き込んでおるぞ、読んでやろう」
《一時間前にペデックから失踪した働き人──冒険者コーイチを探しています》
《冒険者コーイチの写真を添付しておきますので、皆様情報をお寄せください》
《彼を見つけ、捕まえ、ペデックへ連れてきた方には金貨五枚を差し上げます》

「アンチャン──アンタ、やらかしたな」

ドックじいさんは、ニタニタと面白そうに笑っている。

「そんな……アイツらの悪事をライーシに伝えただけで……あれ？」

「確かにそれはイイことだ。だが、あの兄弟を敵に回してしまったようだな。ここにアンタが来ているのがバレるのも時間の問題だぞ」

今一度フォンを見せ、リツイートを読み上げてくれた。

《そいつなら、さっき下町の方へ走っていったのを見たぜ！》

《オレも見た見た。どこかの工場に入っていったような……》

「アワワワワ……」

ネット社会の恐ろしさは、この異世界にもあったワケか。

大賢者ライーシが言っていた「この魔法が諸刃の剣であるからだ。使い方を間違えれば、これほど怖いものはない」という意味を、こんなに早く学ぶなんて……。


ガン！

ガン！

ガガン！


工場の鉄扉が激しく叩かれる音に、オレはビクッとなる。

「おいコラ、ドックのジジイ！」

「お前、この工場で冒険者コーイチを匿《かくま》ってんじゃねえのか？」

──早い。もう誰かが反応しているんだ。

「ほーらおいでなすった。燃料は満タン──今すぐ飛び立つんだ。ワシは脅されて、ブートルを奪われたことにする」

──ホレ！　ホレ！

ドックじいさんが手でオレを急《せ》かす。

ええい、どうにでもなれ！

オレはブートルのドアを開けて中に乗り込む。小型車くらいの大きさ。ハンドルの右下にキーが挿《さ》してあった。

回すと、ドゥルン！　と低いエンジン音が響き、振動が全身に伝わる。

「えーっと、シートベルトは……」

「ゴチャゴチャ言ってるヒマはないぞ。レバーを『天』に切り替えて、アクセルを思いっきり踏みこめ！」

「は、ハイッ！」

言われた通りに操作すると……わあああっ。

ブートルが浮き始めた。一メートル……三メートル、五メートル。

「コレ……どうやって操作すればいいんですかあ！」

「適当にいじればわかる。ボンボヤージュ！　成功を祈る！」

じいさんの声が下から響く。

同時に、工場に侵入してきた男たちの声も。

「ウアア！」

「何だぁアレ？」

「空を飛んでるぞ！」

——あ、あいつら。

男たちを見てオレの記憶が蘇《よみがえ》る。

あれはオレを草原から追いかけてきた悪党どもじゃないか！

「テメエ、この間はよくも逃げやがったな」

そりゃ逃げるだろうよ。

捕まったら奴隷になっちまうんだから。

「待ちやがれ！」

「降りてこい！」

嫌だよ——オレのしたいことが、これから始まるんだから。

ハンドルを前に少し倒すと、ブートルは前に進み始める。

「じいさん、ありがとう！」

オレを乗せたブートルは、オランジェラ国の空をグングンと高く舞い上がる。

「うわあああ……」

眼下に広がるオランジェラ国を見て、オレは思わず溜息《ためいき》のような声を上げてしまう。

石造りの、中世ヨーロッパのような街並み。

これは異世界小説で読んでいた、オレが思い描いていた景色そのものだった。

遠くにお城、それを取り囲むように人々が暮らす建物。

城壁の向こうには緑——深い森がずっと続いている。

うん、綺麗《きれい》だ。良い景色だ。最高だ。

オレの門出を祝ってくれているようなナイスビューを眺めながら、オレは「フンッ！」と鼻息を強く吹いて前を見る。

――行こう、大賢者ヤシのところへ。
オレはアクセルを強く踏み、ブートルのスピードを上げていった。

CHECK 多動力 WORDS OF CHAPTER 2

◆仕事に没頭し、遊びに没頭し、夢中になれさえすれば、目的はおのずと達成される。

◆知らないことは「恥」ではない。

◆「ワクワクしない時間」を減らす。

第三話

寿司職人が何年も修業するのはバカ。

オレは今、異世界に来てから初めて冒険者らしいコトをしている。

ドックじいさんの工場を飛び出してから、オレを乗せたブートルは空を快調に飛んでいた。高度は五〇〇メートルくらい、時速は一〇〇キロくらいじゃないだろうか。車と飛行機を合体させたような乗り物だから速さは期待できないが、窓を開ければ爽やかな風が入ってきて、イイ感じの空のドライブになっている。

——さて。

問題はこれからだ。

オレは太陽が傾いている方向にひたすらブートルを飛ばしている。

ドックじいさんの情報では「大賢者ヤシは西の国にいる」とのコトだから、とにかく西に向かうしかない。

でも西という情報だけで、ヤシが隣国のどこに住んでいるかの情報はない。

「コーイチ、何とか逃げるコトはできたみたいね！」

「えっ」

横から声が聞こえて外を見た。

「トリュフ！　君は空を飛べるのか！」

オレが運転するブートルに、トリュフが宙を泳ぐようにぴったり横について飛んでいる。

「どう、天空を翔《かけ》る気分は？」

「最高だよ。冒険者冥利に尽きるって感じ。ようやく異世界に来たんだなあって実感してる」

「そうね。あのままじゃアンタ、現実世界と変わらないまま一生を終えていたかも」

「アドバイスをくれた君には感謝してるよ」

「じゃあ、ついでにアドバイスするけど——この異世界の太陽は西から昇って東に沈むのよ」

「ええっ、マジかそれ？」

「フフッ——ウソよ」

「やめてくれよぉ、そんなシャレにならない冗談」

オレの心を弄《もてあそ》んで、猫耳美少女は無邪気に笑っていた。オレは思う。この子って空を飛べる能力があるということは、ただの猫耳従者ではない。

「ねえトリュフ」

オレが呼びかけると、彼女はチラッとこっちを見た。

「君が何者であるか——オレにはまったくわからないんだけど、そろそろ教えてもらえないかな」

「そうねえ……」

また彼女は前を向く。

時速一〇〇キロくらいで飛んでいるのだから、かなりの風圧があるはずだ。けれど彼女を見ていると、さらさらと髪を揺らして楽しそうに飛んでいる。

「アンタがこの異世界にやってきた目的がわかってきたように、アタシにとっての目的もだんだんと明確になって来たワケよ。この世界にアタシがいるのは、アンタが依存している異世界の常識をぶっ壊すため。それでアンタも変えられる」

「ぶっ壊すって……また物騒なことを……」

「これは冗談ではないのよ。アンタは小説を読んで異世界に現実逃避して生きているけど、ちゃんと多動力《たどうりょく》を実行すれば、逃げなくても現実世界だって十分に楽しいんだから。いまは異世界にいるけど、まずはこの世界で生きていく術《すべ》を多動力で……」

「ねえトリュフ、その多動力ってのがオレにはまだわからないんだけど」

「もう実践してるじゃない。イラツク、ガネツク兄弟のブラック企業を辞めて、ドックじいさんのブートルに乗っている。そして目指しているのは何？」

「大賢者ヤシのところへ行き、伝達魔法《でんたつまほう》を教えてもらう」

「**自分がやりたいことを徹底的にやる。そのためには嫌だと思ったことはやらないっていうのが多動力のひとつなの**――まだほかにもいろいろ実践してもらうから、楽しみにしててね」

「それはいいけど、いまオレがやらなくちゃいけないのは大賢者ヤシのところへ行くことだよね。やみくもに西にブートルを飛ばしているだけじゃあ、多動力も意味がないだろ」

「大丈夫、ちゃんと向かっているわ」

トリュフが指さす先――夕陽《ゆうひ》にキラキラと輝いた海が見えてきた。

「もうすぐオランジェラ国を抜ける。海をしばらく行くと島が見えてくるから、そこが大賢者ヤシが住むところよ」

「そんな大ざっぱに言われても、島のどこにあるのか……」

「ポツンと一軒家があるから、そこを目指すの――じゃあ頑張ってね」

愛らしい笑みを見せると、トリュフはまた姿を消した。

ポツンと一軒家かあ。どっかで聞いた言葉だなあ……そんなコトを考えながら、オレはハンドルを握ってフフフン♪と鼻歌を唄《うた》っていた。


――多動力かあ。


オランジェラ国という異世界の国に来たのは昨日だったはずだ。

その日のうちに会社――異世界で言うところのコンパニルの面接を受け、仕事ができずにサービス残業させられた。明けて今日はこの国を統《す》べている大賢者ライーシにも会えたし、こうしてドックじいさんのブートルで大賢者ヤシの元へ向かっている……。

確かにオレ、何でもやろうって気になってる！　そして実行してるじゃないか！

こんなポジティブになったオレって、久しぶりだ。

生きる喜びが身体の中からフツフツと涌いてくるのがわかった。

こんなコト、現実世界ではなかったはずだ。少なくとも就職してからは。

オレ、変わったんだろうか。

でもこれ、異世界なんだよなあ。

いや、異世界だからこそできるのかも知れない。

○

ブートルは、西に沈んでいく太陽と競走していた。

オランジェラ国から離れ、海を行くこと一時間強——ドックじいさん、トリュフが教えてくれたヤシの住む島は見えてくるのだろうか。

太陽はその色を濃くしていく。というコトはもう夜が近い。何とか日没前までには辿《たど》りつきたいものだが……あ、あれはもしかして。

前方、オレンジ色に染まる海に、こんもりとした緑色が浮かんでいるのが見える。

「やった！」とオレは一人で叫んでいた。

どうやら大賢者ヤシの元へ辿り着くことができそうだ。

——でもさあ……とオレは不安になる。

ヤシがオレに伝達魔法を教えてくれるか……だけではない。もちろんそれが一番大事なコトなのだが、それ以前の問題として、オレはこのブートルをどうやって着地させるかを知らない。

ドックじいさんは「適当にいじればわかる。ボンボヤージュ！　成功を祈る！」なんて暢気《のんき》な言葉をオレにかけてくれたけど、普通、飛行機的な乗り物って、着地すべき滑走路が必要なんじゃないのか？　あの島にそれがあるっていうのか？

太陽は島への到着を待っていたかのように、ゆっくりと、ゆっくりとその姿を水平線のかなたに隠していく。異世界に転生して二日目の日没だった。

島が近づいてくる。

オレは目を細めて島全体を見渡す。海岸線がすべて目視できるということは、オランジェラ国ほど大きくはないだろう。

トリュフは「ポツンと一軒家」のようなところに大賢者ヤシはいると言っていた。それを探せば話は早いが、それよりも今のオレに必要なのは、ブートルを無事に着地させる場所だ。

でも……滑走路らしきモノは見あたらないんですけど。

だとしたら海岸沿いの砂浜にでも不時着すべきだろうか、そこから歩いて「ポツンと一軒家」を探すのは難儀かも知れないが……あ、あれは？

島のちょうど中央に、「ポツンと一軒家」が見えるではないか！

日が陰ってきて、深い森の中に灯《あか》りがフワリと浮いているように見える。

うーん、とオレは考える。

ドックじいさんの工場から旅立つ時、このブートルは垂直に舞い上がった。であればだよ、降りる時もヘリコプターみたいに垂直に着地できるんじゃないかな。

――ええい、ままよ！

オレはそれまで踏みこんでいたアクセルを徐々に緩め、スピードを落としていく。そうなると、当たり前だがブートルの速度は落ちていくわけで、同時に高度も低くなっていく。

握っていたハンドルを適当に前後に揺らしてみた。前に倒すとブートルも前進したのだ。だとしたらこれを後ろに倒せば……おおお……ゆっくりと降下していくではないか。

「やればできるじゃん、オレ」

いい気になって着陸体勢に入っていく。目指すは前方の「ポツンと一軒家」だ。あと数百メートルにまで近づいている。どこかにブートルが着地できる空き地くらいはあるだろう。そう思ってなりふり構わず下降していくのだが……。

「わ、わわわ。着陸する場所が……見当たらない！」

オレの焦りの高まりと、ブートルの高度が反比例している。

やばい！　このままだと森に突っ込んでしまうではないか。

慌ててオレはハンドルを前方に倒して上昇しようと試みたが……。

――ガッ！

「わあああ！」

ブートルの後部に衝撃が走り、バランスが取れなくなった。慌てていたのだろう。大きな木にぶつかってしまったのだ。ブートルのバランスを戻そうとしてハンドルを前後左右に振るが、振れば振るほど揺れてしまい、コントロールが利かない。

「わあああああああ！」

最悪の状況になってしまったのを後悔したところで遅い。見事に森の中に突っ込んでいく。

ガガッ！　と視界が森の木々に遮られる。

それでもブートルはスピードを落とすことなく、ズボボボと鈍い音を立てて進んで行く。

車内にいるから身体は守られているが、木々の葉っぱが当たってスゴイ音だった。

木々が目隠しして前が見えない。もはや「なるようになれ」状態になっていた。

でも、森に突っ込んだということは、もう高度はそれほどではないはずだ。あとは大きな木の幹にぶつかることなく、無事に着地することを願うばかり。

ズボボと鈍い音はますます大きくなっていき、ブートルのエンジン音が小さくなる。

この乗り物は頑丈そうにできているけど、中のオレはどうなってしまうんだ？

おーい、トリュフ。何で君はこんな大事な時に出て来てくれないんだよぉ。

ボヤキながら、オレは身体を縮こまらせて安全を祈るしかない。

森の中を進む音が——ズボボボ……ボボボ……ボボボ……ボボ……と小さくなって……。

——ん、あれ。

時速一〇〇キロメートルで飛んでいたブートルの、スピードがまったく感じられなくなった。

「……というコトは？　アアアアアッ！」

ブートルが下に落ちていく。オレはたまらず身体を強張《こわば》らせて固く目をつむった。

ドン！　と鈍い音を立てて、下に落ちた——でも衝撃は……絶叫マシンほどではない。

「たす……かった……のか？」

ゆっくりと身体を起こし、フロントガラス越しに外を見る。

目の前に、さっきまで遠くに見えていた「ポツンと一軒家」があった。

「すげえ……オレ、持ってる」

思わず我が身の幸運を寿《ことほ》いでしまった。

森に突っ込んだブートルが木々の衝撃でスピードを落とし、森を抜けたこの場所で着地できたということだった。

——ふううう、助かったぁ。

大きく深呼吸をしてから、オレはドアを開けて外に出た。

じいさんから譲り受けたブートルは外装こそ木々との衝突でキズだらけになってしまったが、凹《へこ》んでいるところは見あたらない。じいさん、アンタいい仕事してるね。

さてと、オレは次のミッションに移らねばならない。

目の前の家に住んでいる大賢者ヤシと面会を果たし、オレが必要とする伝達魔法の伝授を求めなくてはならないのだ。

と、その家の端にあるドアが開いて、室内の灯りで家主のシルエットが浮かび上がった。

大賢者ヤシか？

想像していた通りの大柄な体軀《たいく》が、ゆっくりとこちらに向かってくる。

手にライフルらしきものを持って、それをこっちに向けながら……。

「あわわわわ……」

不時着のあとライフルの標的という、あまりにもミッションがインポッシブルな展開にドラマ性を感じなくもないが、これはピンチ以外の何ものでもない。

「あ、あのう、決して怪しいものではないんです！」

「…………」

相手は言葉を発しない。銃を下ろそうともしない。

せっかくここまで来たというのに、伝達魔法じゃなくって銃弾をもらってしまうのか。いやいや、そういうワケにはいかない。何のためにブートルでここまで来た？　何のためにオランジェラ国から旅立った？　何のために異世界に転生した？　ここで終わってたまるか！

「自己紹介させてください。私の名は冒険者コーイチ。日本という、こことは違う世界から転生してきました……昨日来たばかりです。あなたのコトはオランジェラ国の大賢者ライーシ様から伺って、是非お会いしたいと思って、ここに来たのです」

「ライーシ？」

やはり大賢者ライーシのネームバリューは相当なものだった。オレをロックオンしていた銃口を少しだけ下げた。

「そうです！　大賢者ライーシ様です！　私はライーシ様に伝達魔法を教えていただきたいとお願い申し上げましたが叶《かな》いませんでした。そこでライーシ様からあなた様——大賢者ヤシ様が同じく伝達魔法を使っておられると……」

「冒険者コーイチ……と言ったな」

ヤシが、ゆっくりと問いかけてくる。

「そうです。冒険者コーイチです」

「島の中心の、森に囲まれた、こんなに静かな私の家に……周囲の木々をなぎ倒して大きな音を立て、ワケのわからない乗り物で現れ……さらには違う世界から来た冒険者で、ライーシに話を聞いて伝達魔法を教えろと言う……そういうお前に私がすぐ『はいそうですか、歓迎いたします』とでも言うと思うか」

銃口が、またしてもオレに向いた。

「も、申しわけございません大賢者ヤシさま。失礼があったこと、心よりお詫《わ》び申し上げます」

オレは、よく手入れされた芝生に土下座した。

「信じていただきたいのは、わたくしが危害を加える気はないという……この通り、武器などは所持しておりません。アナタ様の前で銃を向けられながら、こうして地に臥《ふ》して命乞いをするほかなく」

「ふん」

納得とも、憤慨とも思えぬ鼻息を立てる。

オレはただ、ただ芝生に顔をこすりつけるほかなかった。

「もういい。顔を上げよ。冒険者コーイチ」

「お許し……いただけるのですか」

「いや、お前のしでかしたことは、私の所有物である森への器物損壊、それに不法侵入という犯罪にほかならないが、それでも一応話は聞いてやる。大賢者ライーシが差し向けた客人であるなら、無下に追い返せばのちのち不都合なことになろう。そんな不利益を蒙《こうむ》りたくはない」

「あ、ありがとうございます」

○

「ポツンと一軒家」に招き入れられたオレは、大賢者ヤシの大きな背中を追いながら、だだっ広いリビングへと案内される。

木目の壁が美しい、森の中の家らしい造りだった。リビングは吹き抜けになっており、天井はすこぶる高い。パチパチと弾《はじ》ける音がするので振り向くと、壁側には暖炉があって木が燃え上がっていた。悠々自適な生活というのは、こういうコトではないかと。

「そこに掛けたまえ。飲み物は茶がいいか、それとも酒か?」

ヤシがリビング中央にあるソファを指さした。

ああ、客として扱ってくれるのだと、少しだけ嬉《うれ》しくなった。

「何でも構いません」

「そうはいかない。私の元へ来たのなら、自分の意志をはっきりと告げるコトだ」

「はい。では茶を」

うむ――とヤシは軽くうなずいてから、リビングの端にあるキッチンへ向かう。

オレは今一度、広い室内を見まわした。暖炉で爆《は》ぜる木々の音のほか、生活音らしきものが聞こえてこない。

「あの、ヤシ様――こちらにお一人でお住まいなのですか」

「そうだ」

キッチンから声が聞こえてくる。一瞬、家族のことを聞こうと思ったが、プライベートなコトなのでやめた。

だが相手は聡明《そうめい》な大賢者だ。

「家族のことを聞きたいのだろうが、プライベートなことを話すつもりはない。お前にだって家族はいるだろうが、他人にあれこれ聞かれるのは迷惑であろう」

「そうですね」

先回りされているような会話に、オレは戸惑いを隠せない。

ややあって、ヤシは茶を両手に持って戻ってきた。

「冒険者コーイチといったな」

「はい」

「分かっていると思うが私は大賢者と呼ばれている――無駄な会話をするのは苦手でな、相手より先回って会話を進めるクセがあるが悪意はないので臆するな――これを」

差し出された茶に、オレは口をつける。異世界で飲む茶。しかも大賢者ヤシに淹《い》れてもらった格別なモノだ。

「美味《おい》しいです」

「世辞はいらん」

抑揚のない口調で返すが、メガネの奥の目が少しだけ細くなったのを見逃さなかった。つっけんどんな印象はあるが、決して悪い人でないのだ。

「さて、コーイチ。私を訪ねて空を飛んできた君の目的をあらためて聞かせてもらおうか。そうでないと君の依頼を断る理由がなくなるのでね」

「……初めから断る前提なのですか」

「話にもよる、とだけ断っておこう。簡潔に答えたまえ。君はなぜ、私から伝達魔法を学びたいと思ったのかね」

――簡潔に、か。

オランジェラ国で大賢者ライーシに会った時も、同じようなコトを言われたな。あの時はオレが質問しようとしていて、ライーシは「**論点が整理された質問でなければ、自分も相手も無駄な時間を過ごすだけだからな**」と言っていた。今回も論点を整理せねばと。

「……はい、私は違う世界で伝達魔法を操る働き人でした。縁あってこの異世界に転生してきたのですが、こちらでも伝達魔法を使った仕事をしたいのです」

「ふむ――君が、伝達魔法を……」

ヤシは興味深げな顔でオレを見ている。

「であれば、君の国の話を聞きたい。そちらの伝達魔法はどんな状況かね」

「はい――私の国で伝達魔法はＩＴ――情報技術《インフォメーションテクノロジー》と呼ばれています。たとえば二十年以上前から開発が進んでいるインターネットと呼ばれるものは、ビジネスや生活に欠かせないものとなっています。フォンに似たものはスマートフォンと言って、民はこれを持ち、電話や手紙に相当する行為をしています。この世界における〝ツブヤキ〟のようなものです」

「通信のみか」

「それだけではありません。スマートフォンを使ったゲームもありますし、買い物もできます。つまり、この異世界の伝達魔法と同じなのです。ですが、この世界における伝達魔法の技術を、私は持ち得ておりません」

「それでライーシや、私の元へ来たと」

「はい」

うむ……と大賢者ヤシは視線をカップに落とし、数秒考える顔をした。

「冒険者コーイチ――君は聡明そうに思えるので答えられると思う。どうして伝達魔法が、私と、ライーシという大賢者にしか使えないか」

ヤシが、オレをじっと見据える。

試されている、とオレは察した。

「大賢者ライーシ様がおっしゃってました。伝達魔法は諸刃《もろは》の剣であると」

「ほう、ヤツがそんなことを」

「その言葉を聞いて私も納得したのです。私の世界のインターネットですが、使い方次第では社会システムすら壊す恐れがあるのです。ウソのニュースを〝ツブヤキ〟で流せば人々はパニックになります」

「たとえば？」

「私の国で以前、大きな地震があった時に〝ツブヤキ〟で何者かが『動物園から猛獣が逃げた』という嘘のニュースを発信しました。それがあっという間に広がってしまったのです」

「なるほど……ほかに危惧されることは？」

「システムが悪用されれば、多くの人の個人情報が盗まれる危険があるコトです。最近では仮想通貨という、伝達魔法におけるお金のやり取りにあたるものから巨額の金が盗まれました」

「うむ、ではさらに聞くが、君はその危険極まりない伝達魔法を教えてくれと私のところにやって来たのだ。君自身が危険な行為をするという恐れだって十分にあるのではないか」

ヤシの目が、まっすぐにオレを捉えている。

——確かにそうかも知れない。

——でもオレは……違う。

グッと腹に力を入れて、オレは大賢者ヤシを見据えた。

「ご指摘はごもっともだと思います。けれどその危険な行為は私だけでなく、畏れ多くも大賢者であられるヤシ様、ライーシ様も例外ではないと思うのですが——違いますか」

「…………」

ヤシは、しばらく何も答えない。

大それたコトを大賢者に言っていると自分でもわかっている。けれどこれは正論だ。

「志の違い……」

ポツリ——とヤシが言った。

「今、何と?」

「何のために伝達魔法を使うか——この違いであろう。私とライーシ、対して過ちを犯す者ども」

「私も、ヤシ様とライーシ様と同じであると申し上げたいのです」

「その言葉、信じてもよいか」

「はい、信じてください」

「あいわかった」

——やったあああああ!

オレは心の中で叫んでいた。けれどこの興奮を悟られたら、ヤシはオレの欲を嫌うだろうから、喜びは腹の底に沈めておいた。

「冒険者コーイチ」

「はい」

「君はこの世界に来る前、自分の世界で伝達魔法を操る働き人だと言っていたな。であれば修得は早いはずだ……だが私の伝達魔法の教授は、きわめて丁寧にやっている」

「やっている、とおっしゃいますと、すでにヤシ様から伝達魔法を授かった者が?」

「ライーシではないぞ。やつは独自に身につけておった。ライーシの伝達魔法と、私の伝達魔法はまったく別なのだ。細かく言えば、ライーシのは伝達魔法R、私のは伝達魔法Yだ」

別の伝達魔法ということは、ネットワークなどでいえば、それぞれが独立したイントラネットのようなものなのか。それはさておき……。

「すでにその伝達魔法Yを修得された方がいるのですか」

「いや、習いには来たのだが、諦めて帰ってしまったのだ。私の教授法に合わなかったのだろう」

ヤシが悲しそうな目になった。

「あらかじめ断っておくが、私の伝達魔法を修得するに、最低六カ月は見てくれたまえ」

「六カ月……」

その歳月がオレにとって長いのか短いのかがわからない。だって大学で情報を学んだのだから、四年かかったというコトである。六カ月ならその八分の一ではないか。

でも、この場所で六カ月かけて伝達魔法を修得するというのは、今のオレにとって最善の選択なのかどうかが見えない。

「あの、ヤシ様。差し支えなければその教授法を教えていただけませんでしょうか」

「いいだろう。仕組みはこうだ——最初の一カ月で去られると、私も同じことを繰り返すのが退屈になるのでこう考えた。一月目は教科A、二月目は教科Bという別々の教科を組む。どの順番からでもABCDEFすべてを教われば六カ月で伝達魔法が修得できるようになる」

なるほど、ヤシらしい計算し尽くされたプログラムといった感じだ。

「だが、毎月連続して六名が私の門を叩《たた》いたのだが、いずれも一カ月しか保たず、各月の教科を教わっただけで去っていった――残念だが一つだけでは伝達魔法は使えない。当たり前だが」

「もったいないです」

「いかにも。六名すべてが君のようにオランジェラ国から海を渡ってきたのだが。みな帰って行ったよ。しかも……恩を仇《あだ》で返すようなコトまでして」

顔をしかめてフォンをオレに見せる。異世界ＳＮＳの〝ツブヤキ〟だ。

「これを君の世界の言語に変換して見せてやろう」とヤシがフォンを数回タップする。

すごい、現実世界の言語に変換できるアプリを持っているのだ。

「大賢者ヤシ」のハッシュタグで現れたのは。

《伝達魔法に六カ月なんて無理！　あんなコトまでして修得したくないってば》
《ほとんどが下働きで、伝達魔法を習う時間が毎日数分だなんて、サギだって》

――うーむ、何かよからぬ事態が起こる予感。

「コーイチ、これをどう思うかね」

「ヤシ様と彼らの間に何があったのかは存じませんが〝ツブヤキ〟で一方的に非難するという行為は、すでに伝達魔法を使う者としての志がないかと」

「そう、そうなのだ」

ヤシは鼻息を荒くしている。

「教えてくださいというから、教えただけのことだ。私にだって志があるから、一人でも多くの者に伝達魔法を伝えたいとは思う。けれど私のやり方に納得がいかなければ直接私に訴えればいいだろう。よりにもよってこんな形で……残念だ」

「心中お察し申し上げます。ところでヤシ様、もう一つお願いなのですが、たとえば一月目に行われる教科Aを実践するとなると、毎日どのようなスケジュールが組まれているのでしょうか」

「お見せしよう」

そう言ってヤシは右手を宙に振る。

ファン、と空中に一日のスケジュールが現れる。

《教科A　第一日目》
六時、起床。身支度をして島内をランニング一周
七時、大賢者ヤシ様の朝食を作る
七時半、朝食
八時、大賢者ヤシ様の衣服の洗濯
九時、大賢者ヤシ様の邸宅の掃除

——何だ、コレは。

「どうだ冒険者コーイチ。これならば伝達魔法を修得する『志』を磨くことができよう」

「そう……ですね」

スケジュールを見ながら、オレは彼の元を去った六人に同情していた。

邸宅の掃除のあとは庭の手入れ。昼食の準備。暖炉にくべる薪割《まきわ》り。食卓を彩る野菜も自家農園で栽培しているからその農作業。それにＤＩＹや海での魚釣り（もちろん夕食のため）、新しい農地の開墾《かいこん》もスケジュールに組み込まれている。

寝る前のラスト五分に《本日の伝達魔法》とある。

「みなこれに従って、黙々と修業に励んでおったのだが、どういうコトか一カ月を過ぎると去ってしまうのだよ。まったくもって惜しい」

「そう……ですね」

どう返事をしたら正解になるのか、わからなかった。

「冒険者コーイチ、君ならこの修業を六カ月まっとうして、伝達魔法を身につけることができると私は信じている。明日からでも始めるとするか」

「それなんですが、大賢者ヤシさま。私がこの世界にいられる時間が限られているようでして」

咄嗟《とっさ》に出た言い訳——というかウソだった。

「それを確認しないと、かえってヤシ様にご迷惑をおかけしてしまう恐れがあるのです。なので、今晩ひと晩だけ、確認の猶予をいただけませんでしょうか——あいや、断りたいという気持ちはないのです。だって伝達魔法を授けていただくために、こうしてここまで来たのですから」

表情を曇らせたヤシに、オレは必死に説明する。

「そうか……君にも事情というものがあるのは理解している。ではひと晩考えてもらって、明日結論を聞こうではないか——もう今日は遅いから、私の家に泊まっていくがいい」

「ありがとうございます」

「ちなみに君は、料理は得意か。夕食はまだ作っていないのだが」

「いえ、あまり」

「そうか。それは残念だが、六カ月も作り続けると必ず上手になっていくから、伝達魔法を修得すると同時に料理の腕も磨くことができる」

「はあ、はい」

○

夜。

オレはベッドに寝ころんで考えていた。

伝達魔法Yを大賢者ヤシから学べることにはなった。

けれど、その期間は六カ月という長いものだ。

大半は伝達魔法修得に無関係な、大賢者ヤシの身の回りの世話だという。

「うーん、大学の四年間に比べれば短いと言えるんだけどなあ」

独りごちていると、隣に人の気配――。

「フフ……そんなコトで悩んでるんだ」

「わ！」

いきなりトリュフが現れた。しかも、オレに添い寝している。

――何だ、このシチュエーションは……。

猫耳美少女が、吐息のかかる超近距離でオレをじっと見ているって、ある種の拷問じゃないか。

オレは、込み上げる衝動を何とか抑えて彼女に話しかける。

「こ……このタイミングで出てくるのかよ。だったらもっと早く……ブートルが不時着する前に出てきてくれてもよかったじゃん」

「何寝ボケたコト言ってんのよ。結果として大賢者ヤシの邸宅前に着いたんでしょ。アタシのナビゲートに感謝するのが先なんじゃないの」

――あれ、今回はいつになく優しいトリュフちゃんだ。何かあったのかな。

「怒鳴ったりしないの？」

「よそ様のお家でしょ。騒いだら迷惑じゃない」

そうか、彼女なりに気を遣っているのか。

オレは改めて、トリュフを見る――やっぱ、可愛《かわい》い。

「アンタ……変なコト考えてないでしょうね？」

「ないない、ないですって」

変なコト考えたら、エライ目に遭うのはわかってますから。

「で、どうするつもりなの。ここで六カ月、みっちり修業する気なの？」

「悩みどころでして……運転免許の取得みたいなモンかなあと」

「……ふうん」

「それに修業って言ったら、例えば寿司職人《すし》なんて〝飯炊き三年、握り八年〟とか言われてるじゃないか。最初は掃除とか皿洗いから始めて……そんなのに比べたら六カ月なんて……」

——カプッ！

「イタァア……フググッ！」

また腕を噛《か》まれ、叫ぼうとした口を手で塞《ふさ》がれた。

「ふぐぐっ、修業の何がいけないんですかっ！」

「あのねえ……コーイチ」

トリュフは、呆《あき》れたような顔でオレを見ている。

「寿司職人が何年も辛い修業をして、技術を持つ親方に従って苦労に耐えるなんて時代は終わったのよ。今は専門学校でささっと修得できるんだから」

「へええ」

「それでミシュランガイドのビブグルマンに選ばれたお寿司屋さんだってあるのよ。ねえコーイチ、アンタ現実世界でSEだったなら知ってると思うけど、OSのリナックスがあれほど広まった理由はわかるわよね」

「オープンイノベーション――誰でも使えるようにして、みんなで改良、新しいものを作っていこうとしたからだよね」

「伝達魔法も同じよ。そのオープンイノベーションを利用すればいいの」

「え、でも無理、無理だってば……伝達魔法Yは大賢者ヤシにしか」

「無理、無理って……アンタ、馬鹿じゃないの。さっきヤシが話してたじゃないの。諦めて帰っていった六人の弟子がいるんでしょ？」

「知ってるって。全員、一カ月で帰って行ったたって……あ」

「気づいたわね――六人という数字に」

トリュフがフフッと笑う。

「そうか……そういうコトか」

六人という数字が何を意味するか――大賢者ヤシは毎月異なる教授プログラムを組んで、連続して現れた弟子たちにそれぞれ違う教科を教えていたという。

「つまり、六人の弟子はいずれも一カ月で挫折したものの、ABCD……と異なる教科をそれぞれが修得していたハズで、彼ら一人一人からA、B、C、D……を教わっていけば」

「六人分を集めて……伝達魔法を身につけることができる」

「ありがとう、トリュフ。時間が短縮できそうだ」

「この異世界でもオープンイノベーションの時代が来るわ。アンタはその先駆けになればいい」

「そうだね……フアアア……」

結論が出て安心すると、途端に睡魔が襲ってきた。

長い、濃密な一日だった。心身共にクタクタになっていたのだ。

「おやすみ、コーイチ。また明日から忙しくなるわよ」

トリュフの超可愛い笑顔を見ながら、オレは眠りに落ちていった。

○

——コーイチ、ねえコーイチ。

——早く目を覚まして。

——コーイチ、ねえコーイチ。

——お願い、目を覚まして。


しきりにオレを呼んでいる声。涙声だった。

聞き覚えがあるが、誰なのか思い出せない。

その声を聞いていたオレは、この人のために起きなくてはと必死にもがいている。

起きることはできない。

夢を見ているのだろう。その人の姿は見えない。

オレを呼ぶ声だけが聞こえて……。

「ン、ンンンン」

薄く目を開けると、そこはベッドの上――大賢者ヤシ邸の客室であるとわかる。カーテンの隙間から朝の光が洩《も》れている。

「コーイチ……起きた？」

トリュフがいた。

「トリュフ、ここにいてくれたの？」

「ずっとうなされていたから」

「…………」

「どうしたの、悪い夢でも見ていたの？」

「暗い中で、ずっとオレを呼んでいる声が聞こえていて」

「そう……」

トリュフが手を伸ばしてオレの頰《ほお》に触れる。彼女の指が濡《ぬ》れていた。

「泣いてたのか、オレ」

「そうみたい。あのねコーイチ、やっぱりアンタは急いで伝達魔法を身につけるべきよ」

「どうして？」

「いずれわかると思う。とにかくアタシに従っていれば間違いない……さあ」

トリュフに促され、オレは身体を起こした。ひと晩ぐっすり寝たおかげで体力は復活していたようだった。

「大賢者ヤシは、もう起きて中庭にいるわ」

「じゃあ行ってくるよ」

屋敷から出ると、ヤシは庭の端――オレが乗って来たブートルのところにいた。

「おはようございます」

声をかけて近づくも、ヤシは聞こえていないようで、キラキラした目でブートルを見ていた。

「あの……ヤシ様」

「ああ君か。おはよう。よく眠れたかね」

「お陰様でぐっすりと。旅の疲れも取れました」

「よかったよ。で、結論は出たかね」

「はい」

オレは一呼吸置いて、ヤシを見た。

「私には時間がないようなのです。せっかくチャンスをいただいたのに、申し訳ありません」

「……そうか」

落胆するかと思ったが、それほどの感情の変化は感じ取れなかった。

「で、君は伝達魔法を諦めるのかね」

「いえ、そのことですが、自分で頑張ってみようかと」

挫折した六人から聞き出す――というズルい作戦は言わないことにした。

――だが、相手は大賢者ヤシだ。オレの考えはお見通しのようだった。

「それが君の判断であれば私がどうこう言う筋合いはない。だがなコーイチ、これだけは言わせてもらう。私からでなくても、伝達魔法を修得する方法はあるだろう。けれど、伝達魔法というものは唯一無二なものでなくてはならない。何が言いたいかわかるか」

「いえ……大賢者ライーシ様も伝達魔法を使っておられるので、その意味を計りかねます」

「昨日も話しただろう。ライーシと私の伝達魔法は別のものであると」

「ああ……」

オレは、大賢者ヤシの言いたいことがわかった。

「伝達魔法Rと伝達魔法Yは、それぞれに干渉しないということですね」

「お互いの権利を守るためにな。それと理由はもう一つある。もし第三者によってどちらかの伝達魔法が危険に晒された場合、もう片方が相手を援護する」

「大賢者ライーシ様と協定のようなものを結んでおられるのですね」

「さよう。もし君が自力で修得したければ、我々とは異なる伝達魔法にすることが、私がそれを許可する条件となる。これはライーシも同じ考えのはずだ」

「わかりました」

オレ独自の〝伝達魔法K〟を開発すればいいのだろう。であればオレは現実世界でSEだったから、ヤシの伝達魔法Yを自分流にアレンジすればいいはずだ。

「それとコーイチ、願いがあるのだが」

ヤシは、ブートルを見ている。

「この乗り物、私に譲ってはくれまいか」

「何と……」

意外なお願いに少し驚いたが、異世界で飛行機のように空を飛ぶものを見ていなかった。ヤシには魅力的に見えたのだろう。

「この島にいて不自由はないのだが、何かあった時にオランジェラ国など近隣諸国を自由に行き来できる交通手段があればと思っていたのだ。金額はいくらでもいい。おそらく君は伝達魔法を修得し、起業しようと思っているのだろう。であればそれなりの資金が必要なはずだが、違うかな」

「おっしゃる通りですが……私はまたオランジェラ国に戻ろうと思っておりまして。この乗り物がないと」

「帰りの足なら心配いらない。私が船と馬車を用意しよう。それと――これ」

ズボンのポケットからフォンを取り出し、オレに手渡す。

「ゴガイア製のフォンだ。君の世界の言語に変換できるように設定しておいたから、君も使うことができる。それと君の銀行口座を作り、望むだけ送金してあげよう」

「望むだけって」

「なあに、私は自分の伝達魔法で使い切れないほどの財産がある。君が新たな伝達魔法の使い手となって私やライーシに協力をしてくれるのなら、安い買い物だよ」

大賢者ヤシの提案は、オレを「わらしべ長者」にしてくれるものだった。

であれば、是が非でも伝達魔法を修得しないと。

「わかりました、大賢者ヤシ様。この乗り物——ブートルをあなた様にお譲りします」

「交渉成立だな」

ヤシが笑顔を見せる。昨夜の仏頂面がウソのようだった。

であれば、オレはもうここには用がない。

オランジェラ国に戻って、ヤシの元弟子たちを探さなければならないのだ。

「なあ、コーイチ。まずはこの乗り物の使い方を教えてくれ。私が修得する頃には船や車の手配はできているだろう」

「今日中にはオランジェラ国に戻れますか」

「ああ、大丈夫だ」

「であればヤシ様。今からブートルの操作方法をお教えします。私がオランジェラ国に戻るのは夜になってからでも構いませんので」

オランジェラ国では、イラツクとガネツク兄弟、それに悪党どもがオレを探しているはず。

昼間に戻っては危険が高いと思ったのだ。

○

「コーイチィイ、もう戻ってこないと思ってたわぁ」

夜中にオランジェラ国に戻り、人目を避けてマティルダさんの宿屋に戻ると、彼女は満面の笑みで迎えてくれた。ムギューッと豊満な胸でハグもしてくれて、オレは気絶しそうになった。

「何も言わず昨日はいなくなって、スミマセンでした」

「いろいろ聞いてるわよ。大丈夫なの？　イラツクとガネツクの兄弟が、アンタのことを捜しててウチにも来たけど、もう出て行っちゃったと言っといたよ」

「ありがとうございます……あのう、マティルダさん」

なぜあの兄弟に追われているのか説明し、ここでしばらく匿《かくま》ってほしいとお願いした。

「そんなコトならお安いご用さ。あの兄弟をよく思ってる人なんていないからね。大賢者ライーシ様の逆鱗《げきりん》に触れたって聞いて、ザマアミロって思ってたのよ」

まかせて――とマティルダさんは胸をボヨンと叩いた。

これでしばらくオランジェラ国での拠点ができたと、オレは安心した。

翌日から、オレは行動を開始した。

大賢者ヤシの元を去った元弟子たち――その消息はフォンから知ることができた。〝ツブヤキ〟に投稿していた彼らのアカウントから簡単に探すことができたのだ。まあ、あの修業で愚痴りたい気持ちもわからないではない。

オレも《大賢者ヤシ様の修業に挫折した一人》として、彼らに近づくことにした。偽名を使い、メガネなどで変装もした。イラツク・ガネツク兄弟がご丁寧にもオレの写真を公開していたから。

「六時に起床でランニング、それから朝食を作れとか、掃除、洗濯とか伝達魔法を修得するのに、どうしてあんなコトをしなきゃいけないのか、ワケわかんないっすよ……オレ、一日であの家から逃げ出してきました」

オレは〝昨日挫折した後輩〟として、最初に接触したロペという男と意気投合していた。

彼らの気持ちになって愚痴を言うと案の定「そうそう！　わかるっ！」とロペは身を乗り出してオレの言葉に賛同してくる。やはり、つらい修業だったに違いない。一カ月だけだが。

場所は居酒屋の個室みたいな空間。時間と場所をオレが設定し「ご馳走《ちそう》しますので」と連絡すると、ロペはホイホイと乗ってきた。

「ロペ先輩はどうだったんですか、大賢者ヤシの修業は」

「オレもそうだよ。一日かけてあの島に行って、ヤシ様に頼み込んだらあの修業だろ？　最初は面食らったけど伝達魔法を修得できるならって我慢したよ。でも……」

「ダメでしたか」

「あんなの、召使いじゃないか。伝達魔法とはまったく関係ないし……一カ月は我慢したんだけど、これをあと五カ月も続けるのかと思うと……心が折れちゃってな」

「そうですよね。ちなみにロペ先輩、一カ月でヤシ様からどんな伝達魔法を教わったんですか。よかったら教えてくれませんか？」

「えー、オレだって苦労して修得したんだぜ」

彼が何を言いたいのか、オレにはわかっている。

「タダとは言わないですよ」

オレはポケットから金貨を五枚取り出して彼の前に置いた。

「何せオレ、一日で挫折しちゃったもんで、せめて一カ月分だけでもと思ってるんです。ヤシ様の元で修業するために取っておいた金ですけど、これでどうでしょう」

現実世界なら五万円に相当する額だった。オランジェラ国に戻ってフォンを確認すると、すでにヤシがオレの口座を開いて、当座の資金として金貨百枚を入金してくれていた。

「んー、金貨五枚じゃあなあ……」

「………そうですか」

オレはロペの顔を見ながら、金貨をもう五枚取り出して彼の前に置く。

「これがオレの全財産です。これでダメなら諦めます」

「わかったよ」

ロペは十枚の金貨を自分のポケットにしまう。

「お前もわかってると思うけど、大賢者ヤシ様に知れたら大変なコトになるから、ナイショな」

「ええ、このコトは私とロペ先輩の中だけで」

悪徳商人のようにオレが笑いかけると、ロペも複雑な笑顔を見せた。

「じゃあ……見てろよ」

そう言ってロペは壁に向かって手をかざし、フンと力む。すると……オオオ！

壁一面、プロジェクターで映し出された画像のように、ソースコードらしきものが現れる。

「これが……伝達魔法……」

「でも全体の六分の一だよ。こうやって呪文を組むことで最後は伝達が可能になるらしい」

ロペが指先を動かすとソースコードにあたる文字が上下左右に動く。

「まだ下にもある」

かざした手の指先をクイクイと動かすと、スクロールされたようにソースコードが下から上がってくるではないか。

オレはフォンを録画モードにして、壁に映し出された文字を撮り始める。今はオランジェラ国の文字になっているが、ヤシが設定してくれた変換機能を使えばオレにも読めるだろう。

「ありがとうございます。ロペ先輩。このコトは誰にも言いませんから」

伝達魔法の六分の一のうち、そのひとつをこうして手に入れるコトができた。

これをあと五回やればいいわけだ。


その後も大賢者ヤシの元を去った弟子たちを呼び出していった。

不条理な修業に同情し、一カ月分だけ教えて欲しいと金を渡し、伝達魔法のソースコードを次々とコピーさせてもらっている。

これまで会ったのはロペ、ブッコ、ポリフ、マスト、モンジというオレと同年代の男たちだったが、ヤシが言っていた「志」は、どれも低いと感じた。

伝達魔法を修得することはできても、そのあとのビジョンが感じられないのだ。オレは彼らを反面教師とし、自分が伝達魔法を修得したあと、何をすべきかを考えるようになった。

――異世界におけるインターネットはライーシが開発済みだ。

――それを使ったSNSや流通も、ほかの賢者がすでにやっている。

――だとしたら……彼らと被ることなく、オレが仕掛けることができるのは……。


「あと一人だね、大賢者ヤシの伝達魔法」

「あっ」

久しぶりにトリュフが現れた。

オレが座る隣に、身体をピタッと寄せて座っていたのだ。

彼女は、進むべき道に迷っていたり、間違っていたりすると出てくる。

「ああ、これから最後の一人、ダーヤと会うことになっている。彼から、六分の一の最後を教われば、大賢者ヤシの伝達魔法Yがわかる」

「でも、アンタ独自の伝達魔法じゃなきゃいけないんでしょ?」

「そうなんだ。でも……これを見てくれ」

オレは居酒屋個室の壁に、ソースコードを映し出す。

「これって」

トリュフが珍しそうに眺めている。

「そう、大賢者ヤシの伝達魔法ではなく、オレが現実世界で設計していたソースコードだ。これまでの五人から入手したものを、オレ流にアレンジして組み立てていったワケさ」

「これなら、アンタのオリジナル——伝達魔法Kになるってコトね」

「そうなんだけど……」

「これからどうしたらいいか、わからないってコトね」

「さすがはトリュフ様、何でもお見通しだね」

フフ、と猫耳をピクピクさせてトリュフが笑う。

「前にも言ったでしょ。わからない情報や知識は、専門家に聞けばいいって」

「専門家って……あ、そうか」

彼女の言いたいことがわかった。

オレは伝達魔法を修得したら、会いに行くべき人がいるのだ。

——コンコン。

個室のドアがノックされる。

「……ちは」

入ってきたのは六分の一の最後の修得者、ダーヤという覇気のない男だった。

「ああ、ダーヤ先輩っすね」

オレは〝一日で挫折した後輩〟として、頭を下げる。

「先輩にお会いしたかったっすよ、もぉ……大賢者ヤシ様ってば、六時に起床でランニング、それから朝食を作れとか、掃除、洗濯とか伝達魔法を修得するのに、どうしてあんなコトをしなきゃいけないのか、ワケわかんないっすよ……オレ、一日であの家から逃げ出してきました」

「だよなあ……わかるわかる」

ダーヤは半笑いを浮かべながら、一日で挫折したオレに同情してくれていた。

○

居酒屋からの帰り道。

高揚を押さえられず、鼻歌を唄いながらマティルダさんの宿屋へ向かっていた。

——やった！

——ついに大賢者ヤシの伝達魔法Yを（ちょっとズルイ方法で）修得することができたのだ。これで大賢者の仲間入りってワケだ！

いつもはセーブしている酒を、今日は目標達成だからと自分を甘やかして飲みすぎてしまった。足元がちょっとフラついているのがわかる。まあ宿屋に戻って眠るだけだから、もういいだろう。

と、油断していたのがいけなかった。

背後に人の気配は感じていた。

けれど酔っていたオレには、逃げることも、立ち向かうこともできなかった。

ガン！　と後頭部を硬いもので殴られて……気を失ってしまった。

意識が戻ったのは、頭から冷たいものを浴びたからで、それが水であったと気づくのにしばらくかかった。オレは地べたに転がされていた。

「起きたか……このクソ野郎」

聞き覚えのある声に顔を上げる。

最悪の光景が頭上に広がっていた。

「イラック……ガネック……」

「久しぶりだな、冒険者コーイチ。やっと会うことができてオレたちは嬉しいよ」

メタボハゲのイラックが、たるんだ頬をプルプルさせて笑っている。

「探しましたよ。まったくもう、手間をかけさせてくれますねえ、アンタって人は」

弟のガネックが、ヤレヤレといった表情で見下ろしている。

というコトは、ここがどこであるか察しがついた。

薄汚い壁——不当な雇用契約で奴隷《どれい》のように働かされていたやつらの工場だった。

——ふりだしに戻った、というのか。

身体の自由が利かない。手足を縄で縛られていた。

イラックが、オレの前にゆっくりと屈《かが》もうとする。だが突き出たメタボ腹が邪魔をして、上手に屈むことができないらしく、片膝をついていた。

「お前の〝申告〟のおかげで……オレたち兄弟のコンパニルがな、大賢者ライーシ様からの受注がなくなって迷惑してるんだよ」

「オレは……あるがままに〝申告〟したのだけどな……グフッ！」

腹部に痛みが走る。

ガネックがオレの腹を蹴り上げたのだ。

「それは誤解というものですよ。冒険者コーイチさん。私たちペデックは正式な契約書を働き人と取り交わして、アナタ方に働いていただいたのです。大賢者ライーシ様の逆鱗に触れるようなコトなどしてはおりません。すべてはアナタの〝誤解〟によるものです」

「ホント、お前さんには迷惑ばかりかけられて……オレたちを路頭に迷わせたいのかな」

「これほどまでに働き人を思っている経営者兄弟はおりませんのに」

――コイツら、どこまでもクソだ！

心の中で叫んでも、今の状態ではどうすることもできない。

さあオレ、どうする？

こんな時にも、猫耳美少女トリュフは出てきてくれそうもないし。

「オレをどうするつもりだ？」

「なあに、簡単な話です」

弟のガネックが頬をヒクヒクさせている。

「これよりアナタを、大賢者ライーシ様がおられる大コンパニル――ゴガイアへ連れて行きます。そこでアナタは、この間の〝申告〟がまったくデタラメであったということを、大賢者ライーシ様に伝えるのです」

「オレたちも同行するから、ウソ偽りなく、正直に訂正すればイイんだよ。まかり間違ってまた大賢者ライーシ様に〝誤解〟を与えるようなコトがあれば、その時は竜の餌にでもなってもらう」

東京湾にコンクリ詰め――的な話か……。

「……いいだろう。オレを今すぐ、ライーシ様の元へ連れていけよ」

「モノわかりのいい働き人ですこと。最初から素直にそうしていれば痛めつけられるコトもなかったでしょうにねえ」

「まったくだよ。このバカ、ドックじじいのヘンテコな乗り物で逃げたらしいが、何でわざわざオランジェラ国に戻ってきたんだろうな。飛んで火にいるナントヤラ……だ」

――ガハハハと兄弟が笑う。

地べたに転がりながら、オレは内心ほくそ笑んで彼らを見ていた。

ありがとよ。

おかげで手間がはぶけたぜ。

○

手足を縛られたまま、オレは大賢者ライーシのいる巨大企業ゴガイアまで運ばれ、門の前で縄は外された。

「……よいかコーイチ、間違っても〝誤解〟になるようなことは言うなよ」

「何度も言いますが、竜の餌になりますからね」

念押しの脅しをかけられ、オレは兄弟に引きずられるように馬車から出た。

巨大企業ゴガイアは王家から譲り受けた宮殿を使っている。悪徳兄弟のオンボロなコンパニルとは比べものにならない建物が、目の前にそびえていた。

兄弟から連絡がいっていたのだろう。堅牢な城の門は開けられており、オレたちの姿を認めた門番は、何も言わずアゴで『入れ』と示して入場を指示する。

揚々と並んで歩く二人のあとを、オレはあたりをキョロキョロ見回しながらついていく。王宮をそのまま譲り受けたコンパニルってどういうコト？　それだけで大賢者ライーシと、彼が築き上げた巨大企業ゴガイアの凄《すご》さを感じてしまう。

体育館ほどありそうな応接の間に通されると、「ここでしばらく待て」と案内人に言われる。

カツ。

カツ。

カツ。

複数の硬い靴音が響いてくる。大賢者ライーシと、従者たちの登場だろう。

「頭を……下げろ！」

イラツクの小声、と同時にガネツクがオレの頭を押さえつけて床まで押しやった。アイタタ……

さっきお前らに殴られた部分がまだ痛むではないか。

油断していた――とオレは後悔していた。ついに伝達魔法をすべて修得し、いい気になって酔っ払っていたのがいけなかった。変装していたつもりなのに、いつのまにかこの悪徳兄弟に見つけられてしまったのだ。密告があったのか、いや写真が出回っていたしな……後悔しても遅いが。

カツ……とオレたちの前で靴音が止まった。

「皆の者、顔を上げよ」

端にいた従者の声で、オレたちは恭《うやうや》しく頭を上げた。

中央に大賢者ライーシ。黒のタートルシャツに青のパンツという、この前と同じ服装だった。

両脇にいる賢者らしき人物は、この巨大企業ゴガイアの賢者ダークと、賢者ノイマーだろう。

トイレで会って以来の大賢者ライーシが、オレを見据えている。

うむ、と一つうなずくと、大賢者ライーシが口を開いた。

「こんな夜中に参上したいと聞き、よほどのコトかと思うが……」

「はっ、夜分に申し訳ありません！」

「いち早く大賢者ライーシ様にお伝えせねばならぬと思いまして……」

悪徳兄弟が平伏して訴えようとしている。

ガネックが顔を上げた。

「大賢者ライーシ様におかれましては、私どものコンパニル――ペデックの雇用状況につきましてお怒りになり、フォン組み立て発注の中止をなされましたが、これはとんでもない〝誤解〟であることをお伝えしたく……」

と言って、ガネックはオレを指さした。

「……これなる冒険者コーイチが、実は先日、お話し差し上げたコトがまったくのデタラメであったことを、本人から訂正させるべく連れて参りました」

――ホレ。

――ホレ。

イラック、ガネックが『早く言え！』とオレを睨《にら》んでいる。

ふうう、とオレは息を吐いて、右手を応接の間の壁にかざした。

ファン！

タテヨコ一〇メートルもありそうな壁いっぱいに、オレが作りかけている伝達魔法のソースコードが映し出される。

「な、ななな！」

「何だコレは！　やめなさい。今すぐ！」

兄弟は慌てている。

と、同時に目の前にいた大賢者と、両脇の賢者も目を瞠《みは》っていた。

「ライーシ様！　誠に申し訳ありません、この者はおそらく心神衰弱でこのような失礼を……」

「コーイチ……と言ったな」

ライーシが、オレを真《ま》っ直《す》ぐに見据える。

「はい」

「そなた、もはや冒険者ではない……というコトか」

「はい」

オレは素直に答えるのみだった。

「いいえ、大賢者ライーシ様。コイツはインチキ冒険者です！」

「冒険者でなければ、我々のコンパニルを潰そうとする犯罪者……」

「黙れえええい！」

大賢者ライーシの怒号に、イラツク、ガネツク兄弟は縮み上がる。

ライーシが、カツ、カツ、カツと靴音を立てて壇上から降りてくる。

「イラツク、ガネツク――お前たちは、あれが何かわかるか？」

オレが壁に映し出したソースコードを指さした。

「あいや……」

「そのう……」

ワケがわからず、兄弟は首をひねるばかりだった。

「そうだよな。お前たちにアレが何であるか、わかるワケもなかろう……ならば、このこともお前たちに教えなければならない。お前たちが、おそらく暴力的にここまで連れてきたであろうこの者は冒険者ではない。この者は……」

ライーシがオレを指さした。

「伝達魔法を修得した、大賢者である」

「…………」

「…………」

驚愕《きようがく》で沈黙していたのは、イラツク、ガネツク兄弟だけではなかった。

この応接の間にいた全員が、新たな大賢者の出現に言葉を失っていたからだった。

オレは内心、ドキドキしていた。

壁に映し出したのは、オレが開発した伝達魔法Kだ。

これを見て、オランジェラ国の人々が認識できるかどうかは賭けだった。

オレの世界のソースコードであるとすぐに見抜いたライーシは、やはり大賢者なのだろう。

スゴイ、やっぱこの大賢者はスゴイ……。

そう思ってライーシを見上げていると、彼はオレの視線に気づいたのだろう。

バチ、と軽くウィンクしてみせた。

それは、『私は何でもお見通しだよ、コーイチ君』とでも言っているような感じだった。

この人……いったい何者なんだろう。

尊敬はもちろんなのだが、得体の知れない恐ろしさがフツフツとオレの中で湧き上がっていた。

「イラツク、ガネツク」

「は」

「はいっ」

「お前たちの所業は、この大賢者コーイチによる〝誤解〟だと言っておったが、ほかのペデックの働き人からすべて話は聞いておるから〝安心〟せよ。追って沙汰を下すので、今日は帰るがよい」

ライーシの言葉にすべてを悟った兄弟は、何も言わずうなだれて帰っていった。

オレはまだ、巨大企業ゴガイア本社の応接の間に残っている。

「大賢者コーイチ」

ライーシがオレに呼びかける。

「話をしようではないか、同じ大賢者として」

「は、はいっ！」

それは、新たな展開の始まりだった。

CHECK 多動力 WORDS OF CHAPTER 3

◆情報自体に意味はない。

◆これからは旧態依然とした業界に「オープンイノベーション」の波が来る。

◆とにかくチャレンジしようという行動力とアイデアを進化させる力が求められる。

第四話

「原液」を作れば、仕事の分散は可能になる。

大賢者コーイチ。

それは伝達魔法《でんたつまほう》の修得によってオレが手に入れた称号だった。

今、オレの目の前には大賢者ライーシと賢者ダーック、賢者ノイマーがいる。

「大賢者コーイチ。君がいかにして伝達魔法を修得したのか——それは君の企業秘密であろうから我々は問わない。だが大賢者となった以上、君の〝志〟を聞いておきたい。それは我々の利益——ひいてはこのオランジェラの国益にも関わることになる」

「おっしゃる通りです、大賢者ライーシ様」

オレは恭《うやうや》しく頭を下げる。

「かしこまらなくてもよい。私と君はもう同じ立場だ。対等に語り合おうではないか」

「あ、ありがとうございます」

大先輩であるライーシは、こうもオレを立ててくれるのかと感動すら覚えた。

「大賢者ライーシ様……先にお話ししたいことがあります。実は私、こうして伝達魔法を修得したものの、自分がこれから先、何をすべきかハッキリとしておりません」

「なのに伝達魔法を修得したというのか」

ライーシの口調には、オレを責めるニュアンスが感じ取れた。

「いえ、そうではありません」

オレは彼をまっすぐに見据える。

「いつぞやお会いした時に、私はあなた様のようになりたいと申し上げました。しかしあなた様はおっしゃいました『ライーシはここにいる。二人はいらない』と」

「覚えておる」

「それなのです。私はライーシ様のように伝達魔法でフォンなどを開発して、この国のプラットフォームのビジネスができれば……そういう思いであなた様のようになりたいと申し上げました。しかしすでにライーシ様はいらっしゃいますし、フォンは民たちが使っております。私がやりたいことは、あなた様がやっておられるのです」

「では、ほかを見つけるがよかろう」

諭すようにライーシは言う。ただ、そう言うのは簡単だとオレは思う。

「それもすでに存在するものなのです。フォンを用いた商売は賢者ダーツク様、同じくフォンを用いて友人らと交流する〝ツブヤキ〟は賢者ノイマー様が開発しておられます。私はあなた様方と違うことを、伝達魔法でやらなくてはならない」

「であれば大賢者コーイチ」

「自由にやればよかろう」

ライーシの両脇にいた二人の賢者が言う。

「そう思っております。けれど……私が考えているコトが、すでにあなた様方の考えにあり、同じであれば、お互いの利益にならないかと」

「なるほど」

大賢者ライーシは気づいたようだった。

「つまり、君――大賢者コーイチは伝達魔法を使った新たなビジネスについて、我々と競争するようなコトはしたくないのだな」

「おっしゃる通りです」

「話はわかった――だがなコーイチ、それはお互いに自分の手のウチを明かすというコトになる。わかっていると思うが、このオランジェラ国はコンパニル同士がそれぞれの利益のために技術を磨き、顧客の需要に応えた商品やサービスを提供することで対価を得ている。この競争は君の世界と同じであろう」

「はい」

「であれば明かすことなく、自分がやりたいコトをやるべきで……」

「私は自動人形を開発したいのです！」

オレは思っているままを口にした。こっちから言った方が引き出せると考えたから。

「…………」

ライーシは黙り込んだが、オレは話し続ける。

「以前、私は下町の工場主、ドックじいさんのところへ行ったのです。そこでじいさんが開発していたのが自動人形でした。彼が作っていた精緻《せいち》な自動人形に私は魅了されましたが、じいさんが言うには〝心〟がないというのです。その後、私はイラックガネツク兄弟に追われている時、じいさんに助けてもらいました。今は、そのじいさんの恩に報いるため、そして自分の興味の赴くままに自動人形を作るべく伝達魔法を……」

「それでいいのだよ。大賢者コーイチ」

ライーシは、ニッコリと笑ってオレを見ていた。

「君は今、勢いあまって自分の伝達魔法の使い方を話してくれた。私も隠すまでもない……」

——パンパン。

ライーシが手を二つ叩《たた》くと、奥の扉が開いた。

——ウィン、ウィン……とモーターの鳴るような音と共に現れたのは。

「こ、これは」

「君ならわかるだろう」

呼び寄せたものが近づいてくる。

『オヨビデショウカ？　ライーシサマ』

機械で作られた音声が口元から流れてくる。

「ライーシ様も、すでに自動人形を作られていたのですね」

「君が考えていたことを、私も考えていただけだ」

先を越されていた……ということになる。これは勝負しても勝てるワケがないだろう。

「落胆の顔をしておるな。だが諦めるのはまだ早い」

ライーシが、呼び寄せた自動人形をポンポンと叩く。

「これはまだ試作品にすぎない。ドックじいさん同様に〝心〟がないのは、私も同じなのだ。まだ伝達魔法による〝心〟は完成していない」

「ライーシ様でも？」

「この開発は、やりがいがあるぞ」

「そうですか」

「ああ……私はさきほど競争と言ったが、これは悪い言葉ではない。お互いに切磋琢磨《せっさたくま》し合う中でともに技術を上げていくのだ。それが国の発展にも繫《つな》がっていく。どうだコーイチ、私と自動人形の〝心〟の開発で競争しようではないか」

「はい！」

オレは興奮気味に返事を返した。

「実はな、もう競争する場は出来上がっている」

「どういうコトでしょうか？」

「一カ月後、自動人形のコンペティションが開かれるのだ」

「このオランジェラ国で、ですか」

「左様。この国の技術者たちが、自動人形の能力で力を競い合う。主催するのは大富豪シェーラ」

新しく聞く名前だった。

オレが「？」の顔をしていると、賢者ダーックが口を挟んでくる。

「大富豪シェーラ殿はな、このオランジェラ国のエネルギーを掌握しておられる」

――石油王のような存在だろうか？

「この国のエネルギーは、《魔法石》から作られた液化ガスでな。その《魔法石》の採掘から精製までシェーラ殿がされているのだ」

賢者ダーックに続いて、賢者ノイマーが話し出す。

「その大富豪シェーラ殿は、この国の技術発展のためには気前よく資金を出してくれるのだ。我々ゴガイアもシェーラ殿の投資を受けておる」

「投資を、ゴガイアも？」

「我々の力だけでゴガイアを大きくできたと思ったか、コーイチ」

ライーシが笑う。

オレは驚いていた。巨大企業ゴガイアは大賢者ライーシの伝達魔法でフォンを開発、それでここまで大きくなったと思っていたのだ。

「誰にだって起業するには資金が必要になる。我々だって最初から資金があったワケではない」

「そ、そうなんですか」

言われてみれば納得できる話ではある。あ、話が横に逸《そ》れてしまった。

「それで、自動人形のコンペティションというのは？」

「いたってシンプルな内容だ」

ライーシが言う。

「大富豪シェーラは、自分の使用人として自動人形を求めているそうだ。彼のお眼鏡《めがね》に適《かな》う製品を作り出した者に、開発から生産まで全費用を投資してくれる」

「す……すごい」

早くも、オレにこんなチャンスが回ってくるなんて。でも、ライバルが強力すぎるが……。

「というワケでコーイチ。我々は大賢者としてライバルとなるだろうが、同時にお互いの技術を磨き合う仲間として付き合って行こうではないか」

「お話、よくわかりました。今後ともよろしくお願いいたします」

「こちらこそ。君の伝達魔法の出来映えを楽しみにしている。だがその前に……君は一人で何から何まで自分でやっていくのか」

「あ……」

それはまだ、ノープランだった。

○

「うーん、どうしたもんかなあ」

宿屋に戻ったオレは、ベッドに寝ころんで考えていた。

大賢者ライーシの指摘通り、伝達魔法を修得したオレは、自動人形の開発にかかりたいと思っても、何をどうすればいいか……こんな時に現れるのが。

「アタシだって思ってたでしょ」

「わぁ！」

トリュフが椅子に腰かけてオレを見下ろしていた。相変わらず神出鬼没の猫耳ちゃんだ。

「悩んでいるヒマがあったら、動き出しなさいってば。宿屋のベッドに寝っ転がっていても、何にも進展しないんだから」

「そうはいっても、会社——コンパニルを作るには資金、場所、人材が必要じゃないか。オレなんか一人でオランジェラ国に来たんだから、無理なことで……ああっつ、噛《か》まないでっ！」

トリュフがオレの脇まで来ていた。

「資金は、大賢者ヤシからの提供があるんでしょ」

「それはそうだけど、肝心なのは金の使い方だよ」

「必要な材料を揃《そろ》える。人材を確保して給料を支払う。それだけのコトじゃない」

「簡単に言うなよ。オレは現実世界でSEしかやってこなかったんだ。打合せの交通費とか、自分で買ったパソコン備品の経費とか——その出金伝票だって面倒だと思ってたのに、そんなコトまでやるのは無理だって……イタアアアアッ！」

やっぱり腕を噛まれてしまった。

「何だよトリュフ、オレはこれから起業するにあたって、経営者としてやるべきコトをちゃんと考えていただけじゃないか。どうして噛まれなきゃいけないんだよ！」

「ねえ……コーイチ。見切り発車って言葉、知ってる？」

「ああ、十分に準備や議論をしないうちに行動するコトだろ。今まさに、そんなコトになろうとしてるけど、失敗したくないからこうして考えてるわけで」

「ブブー。まずはその考え方が間違いでーす」

「なっ、何が言いたいんだ？」

オレが言葉で噛みつくも、トリュフは涼しい顔で尻尾を揺らしている。

「**大事なのはね、見切り発車でもいいからとにかくやってみるコトよ**」

「ムチャだよ」

「**ええ、ムチャよ。でもねコーイチ、すべての起業やプロジェクトが、まったく問題のない準備や議論の上で行われていると思う？　そんなの皆無よ。長時間かけて一つのモノを作り上げたり、無駄に費やすくらいなら見切り発車して、トライ&エラーを繰り返せって言ってんの。その方が実践的だし、競争するコンパニルに勝ち抜くスピードを身につけられる**」

「ほほう……」

「今アンタ、出金伝票が面倒くさいって言ってたわよね」

「そうだけど」

「**経費精算を自分でやってるサラリーマンってのはね、出世しないわよ**」

「それこそムチャだって、経費精算だって仕事のひとつだし」

「できるサラリーマンはね、そういうコトだってアウトソースして、自分がやるべきコトのために自分の時間を使っているの。アンタはこれからコンパニルを起業する経営者になるんだから。そんなチマチマした仕事は、お金を払って人にやってもらいなさい」

「はあ……」

どうにも、トリュフの話は今までのオレのセオリーと違って困惑してしまう。

でも、面白いとは思うんだけど。

「整理してみましょう、コーイチ。アンタはもう伝達魔法を身につけた大賢者よ。それを使って、例えばフォンのようなものは作れる」

「中の〝仕組み〟はね。でもフォンのパーツはオレの知らない分野だろ」

「ハードはアナタが関わらなくてもいいじゃない。代わりにモノ作りをしてくれる人がいるでしょう？　下町の工場に」

「ドックじいさんか。そうだね、あの人にビジネスを持ちかければ協力してくれるだろう」

ブートルをくれた恩義もあるから、好条件で提案してみよう……あ。

「忘れてたよ。じいさんの自動人形に〝心〟を入れるんだった」

「じゃあもう生産については問題ないじゃない。次はお金だけど、心当たりはない？」

「うーん……お金というと商人とか銀行員とか……あっ」

「思い出したみたいね」

「いたいた、銀行にいる——ムラトって男が」

「生産部門と経理部門の適任者が見つかったじゃない。**多動力《たどうりょく》を使うにはね、自分でやらないコトを決めるのが大事なの。自分にしかできない仕事以外は、他人に思いっきり任せればいいのよ**」

「そっかぁ、ありがとうトリュフ。先が見えてきたよ」

さっきまでの憂鬱《ゆううつ》な気分が、一転してワクワクした気持ちになってくる。

「先々に必要になると思うからもう少しアドバイスしておくけど、今後アンタがコンパニルの経営者になったら、**おかしな連中が必ずといっていいほど現れるから――そういうヤツらはアンタの貴重な時間を奪う危険人物だと思っていい**」

「どうすればいいの？」

「**付き合う人間、付き合わない人間を明確にすること。それだけで自分の時間が守れるわ。あと、仕事ができる人ほど返事が早いわよ……**たとえば大賢者ライーシを参考にしてみて。彼にメールやメッセージを投げればすぐに返ってくる」

「オレにもそれをやれと」

「仕事がデキる人は、それがマストよ――じゃあね」

フッとトリュフは消えてしまう。

どうやら今回の多動力講義が終わったようだった。

きわめて短い時間だったが、オレはトリュフから多くのアドバイスをもらい、行動に出るヤル気をもらった気がした。

……フアアアアア。

どっと眠気が押し寄せてくる。

それもそのハズだ。窓の外が明るくなっている。

長い長い夜だった。

とりあえず不安な気持ちがなくなって、寝ることができそうだ。

オレは布団をかぶって、ようやく眠りに就こうとする。


——コーイチ、ねぇコーイチ。

——早く目を覚まして。


……ああ、またあの声が聞こえてきた。夢なのかどうかもわからない。

聞き覚えのある声は、そのあとずっとオレを呼びかけていた。

○

「おおっ。アンチャン、帰ってきたか」

翌日、工場を訪ねると、ドックじいさんは満面の笑みでオレを迎えてくれた。

「先日は助けていただいて、ありがとうございました」

「で、どうだったよ。伝達魔法は修得できたのかい」

「はい」

「ホントかよ……」

オレの返事に、じいさんは目を丸くしている。

「驚いたなあ……ってことはアンチャン、大賢者になったのか」

じいさんもわかっていた。

この国――オランジェラ国では伝達魔法を操れるものが大賢者になる。

「そりゃ結構な話だ。大賢者がライーシだけじゃないなら、この国の伝達魔法もますます発展していくんだろうな。で、アンチャンはこれからどうすんだ」

「その話なのですが」

オレはドックじいさんに、これまでの経緯を話し始める。

「じいさんに譲ってもらったブートルで大賢者ヤシのところに行きましたが、彼から伝達魔法を修得することはできませんでした」

「じゃあどうやって？」

「大きい声では言えませんが、ちょっとズルイ手段を使いまして……この通り」

右手を工場の壁にかざし、オレの伝達魔法Kを映し出す。

「…………」

じいさんは黙ってそれを眺めていたが、うん、とうなずいた。

「これはアンタの国の伝達魔法だな」

「ええ、このソースコードで何でもできます。フォンもオレ仕様の伝達魔法に変えました」

「それでよぉ、ワシとの約束は覚えてるよな」

「もちろんです」

オレはじいさんに力強く答える。

「じいさんにブートルを譲ってもらえなかったら、オレはまだイラツク・ガネツク兄弟のコンパニルで奴隷のような生活をしていたハズです。ご恩を忘れるわけがないでしょう」

「うんうん、いい心掛けだ」

「オレは伝達魔法を修得しましたが、どう使うかをまだ決めていませんでした。そこでこうして、じいさんのところに来ようと思ったんです。自動人形に〝心〟を入れようと思って」

「嬉《うれ》しいじゃないか」

「でも……ご存じと思いますが、自動人形に〝心〟を入れる作業は簡単ではありません。昨夜、オレは巨大企業ゴガイアの大賢者ライーシに会ったのですが、彼もまた自動人形を作っておりました」

「ホントか……」

驚きと、落胆が交じったリアクションだった。大コンパニルも同じ開発をやっているとすれば、敵わないと思ったのだろう。

「落胆するのは早いです。大賢者ライーシの自動人形も〝心〟の部分が出来上がっていないんです
――現時点では並んでいます」

「じゃあアンチャン、アンタに任せたよ。コイツに〝心〟を入れてやってくれ」

「今日からそれをさせていただこうと思うのですが……じいさん、オレと取引をしませんか」

「な、何だよ。もったいぶって取引だなんて」

「実はですね、大賢者ヤシがブートルを所望したので高額で譲ったんです。その金をじいさんに返さないといけないんですが」

「金はいいよ。アンタが自動人形に〝心〟を入れてくれる約束を守ってくれれば……」

「約束は当然守ります。オレが言いたいのは、それを元手に自分のコンパニルを作りたいってことです」

「作ればいいじゃないか」

「でしょう。でも、コンパニルを作るための伝達魔法はあるものの、それを基板に落とし込む工場や、優れた技術者をオレは持っていないとわかったんです」

「わかったよ、アンチャン」

――やっぱり、じいさんは物わかりのイイ人だった。

「ここには、アンタが望むものを作る工場があって、優れた人材がいるってえのか――嬉しいことを言ってくれるじゃねえか」

ドックじいさんは謙遜しない。かなりの自信をもった人物だった。

「おっしゃる通りです。オレはヤシからもらった金でコンパニルを起業して、じいさんが開発中の自動人形を作り、成功したら大量生産して、オランジェラ国をもっと発展させたいと思ってるんです。協力してもらえませんでしょうか」

オレの提案を聞いたじいさんは、ニヤッと笑った。

「面白いじゃねえか——だったら、ついでにアレも一緒に作らないか」

じいさんがアゴをしゃくって示した先——ロケットを、オレは見た。

「天翔機《てんしょうき》ですよね。もちろんです！」

オレは興奮気味に返す。

「実はオレ、前の世界での夢は、あれに乗って宇宙——この世界で言う天空に行くのが夢だったんです。じいさんが失敗を繰り返しながら天翔機の開発をしているって聞いて、ああ、この異世界にも夢を持っている人がいるんだなあって感動してました」

「嬉しいなあ——一緒に飛ばそうじゃねえか、天翔機をよ！」

「ええ、面白いことを一緒に、いっぱいやりましょう！」

じいさんに手を差し出すと、しわくちゃの手で強く握ってくれた。

オレのコンパニル——会社が立ち上がった瞬間だった。

○

「オレを経理担当として雇いたいと……いいよ、その話に乗った」

「ついでに、資材とか部品の手配なんかもお願いしたいんだけど」

「ああ、お安いご用だ。付き合いのある関係先から仕入れるよ」

工場に来てもらった銀行屋のムラトにコンパニル起業の話をすると、彼はすぐさまＯＫしてくれた。オレが異世界に転生してすぐに会ったのが彼だった。ライーシのところで働きたいと言っていたから、オレのコンパニルは拒否されるかもと心配していたが……。

「自動人形の開発って面白そうじゃないか。それが上手《うま》くいけばオランジェラ国がやっているプラットフォームに、このコンパニルが食い込むことになるんだろ。そのチームにオレが参加できるなんて、ワクワクするよ」

「ありがとう、ムラト」

彼と、工場長であるドックじいさんには、現状の倍額近い収入を約束した。もとより、大賢者ヤシからの投資額は際限なくあるのだから、金銭面の心配はいらなかった。

オレが気を揉《も》んでいたのは……。

工場の隅にもたれかかっている自動人形を見る。

ドックじいさんは天才的な技術で、人間に近い動きを再現した自動人形を作り上げている。あとはこれに人間の知性や感情である〝心〟――すなわち現実世界のＡＩ（人工知能）を埋め込めば完璧な自動人形が出来上がるのだ。

だが、大賢者ライーシですらまだ製作途中と言っていたように、このＡＩ技術は一朝一夕というワケにはいかないようだった。

「アンチャン、動かしてみるかい」

オレの視線に気づいたようで、じいさんが自動人形に近づいてスイッチを入れる。

起動した自動人形の目が光り、ウィン！　と音を立てて立ち上がった。

「おおお、もうこんなに出来上がってるのか、すごいなあ」

ムラトが感心したように自動人形を眺めている。

「なあに、ここまで作るのは、ワシにとってはワケないよ。問題はこれからでな。コイツが人間と同じように、自分で考えて動くようにさせるのが、大賢者コーイチの仕事になる」

その言葉に、プレッシャーがグッとのしかかる。

でも、やってみないとわからないだろう。

「そのことですが、じいさん。ムラト。一カ月先に自動人形のコンペティションがあるんだ」

「ああ、ワシも知っておる。大富豪シェーラが主催するそうだな」

「この自動人形を参加させるのか、コーイチ」

「その通り、巨大企業ゴガイアから大賢者ライーシの自動人形も出るそうだ」

——おおお。

工場長と経理部長が口を丸くすぼめて、驚いている。

絶対的な大賢者だったライーシに、このオレが……というかこのコンパニルが対抗しようとしているのだ。

「勝ち目はあんのか、アンチャン」

「ま、やってみましょうよ。やらない限りは結果が出ませんから」

「そうだな。やってみるとするか。ワシが技術面でできることは何でもするから、アンチャンはこいつの〝心〟がゴガイア製以上になるよう頑張ってくれ」

「経理や資材面はオレに任せてくれ」

「ありがとう、二人とも」

オレは心強い味方を手に入れたんだな――と実感した。

○

ドックじいさんの自動人形に〝心〟を埋め込む前に、まずオレが考えたのはコイツを人にすることだった――中身ではなく、外見を。

自動人形はジョイントやアルミ性の骨組みなどで人間らしい形はできていたが、見た目はいわゆる機械的なロボットだった。金属パーツや回線が剝《む》き出しになっている。

「これを人間らしい形にするんなら、シリコンの外膜で覆えばいい」

じいさんの工場には3Dプリンターのような機械があり、データを取り込めば指示通りの人型の外膜ができるという。それは皮膚に近い材質とのこと。

「で、アンチャン。コイツをどんな〝人間〟にしたいんだ。ごっつい勇者みたいなのか、それとも頭のいい賢者みたいなのか」

「いや」

その時、オレの脳裏に浮かんでいたのは、ライーシが製作していた自動人形だった。

シュッとした顔立ちの若い男——あれは執事をモチーフにしていると思った。大富豪シェーラが使用人としての自動人形をコンペしたいということで。

であれば、オレたちの自動人形は……。

「なあじいさん、こいつを若い女の子にすることは」

「もちろんできるさ。とびっきり可愛《かわい》い女の子にしてやろうか」

「ぜひとも頼む」

「おお……」

ライーシが「イケメン執事」でいくなら、こっちは「萌《も》え系メイド」で勝負してやろう。

オレのオーダーをじいさんが忠実に履行してくれたのは、数時間後のこと。

シリコンの外膜を覆った人型の自動人形は、まるで本物の少女のように美しかった。

「何か……見ているこっちが恥ずかしくなっちゃうな」

ムラトが顔を赤らめて、自動人形から目をそらしている。

「まあなあ、服を着せてねえから、スッポンポンの若いネエチャンが目の前にいるみたいなモンだしなあ」

じいさんが言う通りだ。オレも、ちょっと目のやり場に困ってしまった。

実にリアルな全裸の美少女がオレたちの前にいるのだ。

「じいさん。服を着せてやってくれよ」

「ワシは仕立て屋じゃねえからよお、服までは作れねえってば。アンチャンが自分で買ってくればいいじゃねえか」

「オレが店に行ってメイド服を買ってくるの？　いやいやいや、無理だってば」

「この三人じゃ、誰だって無理でしょ」

ムラトも突っ込んでくる。

「んー、だったら宿屋のマティルダさんに買ってきてもらうしかないなあ」

一応の決着をつけ、オレは次の段階に入ることにした。

「じゃ、自動人形に〝心〟を入れるプログラムを作ることにする」

「それってさあ……どうやって作るの？」

ムラトが興味深そうに聞いてきた。

「それはだな……」

人工知能のプログラムは、オレも未経験だった。

でも、やってみなければ始まらない。あらゆる情報をフォンで取り寄せ、自分なりの方法論で組み立てていくしかない。競争相手のライーシに聞くこともできない。

「まず学習に必要なデータを集めて記憶させるんだ。たとえば、人の顔を見分けるには、たくさんの人の顔写真データを取り込む。それぞれの顔が誰であるかを学んでいく。そして学習したモデルをサービスに組み込んでいく……」

「はあ……」

ムラトは要領を得ない顔をしている。まあ、それもそうだろう。

「でもさあ、顔だけでも何万人も覚えなきゃいけないだろうに、そのほかに道具や景色、言葉も記憶しなくちゃいけないんだろ。どれだけの時間がかかるんだ」

「最初からすべてを記憶する必要はない。運用しながらデータを溜《た》めていくこともできるし、それを運用することもできる」

「なるほどぉ」

「だけどなあ」とオレは自動人形を見る。

「それだけだと、この子はまだ自動人形にすぎないんだ。オレが目指したいのは、本当に〝心〟が入った――人間と同じくらいのレベルなんだ」

「だったらあ、感情みたいなモンが必要じゃねえのかよ、アンチャン」

ドックじいさんが口を挟む。

「その通りだと思うよ。だけど、感情的なものをどう植え付けていくのか……それがオレに課せられた、コンペまでの宿題かなって思ってる」

そう、プログラムは大賢者であればできるのだ。

オレはその先を行って、ライーシを出し抜きたいと思っていた。

「ところでアンチャン。この自動人形は女の子になったワケだが、名前はどうするよ」

「ああ、そうだったね――じゃあ名前は……アイでどうかな」

「アイ……どういう意味じゃ？」

「オレの世界で自動人形の〝心〟のことをＡＩ《アイ》って読むこともできるんだ」

人を想う気持ちも〝愛〟だしな……。

「そうか、そりゃあいい名前かも知れんな。なあお嬢ちゃん、お前さんの名前はアイだってよ」

じいさんが呼びかけると、全裸の自動人形は口を微《かす》かに動かした。

「ワタシ……ナマエ……アイ」

音をマイクで拾い、言葉を学習するプログラムはすでに組み込んであった。

「アイ……アイデス……ヨロシク、オネガイ……シマス」

「ほおお、賢くなったのう。これからどんどん賢くなっていくんじゃな。楽しみだ」

頬《ほお》を緩めるじいさんは、自分の孫を見ているような顔だった。

「でもよ、アンチャン。アイに使用人の作法を学ばせるんなら、ここではなくて実践的なところの方がいいんじゃねえのか」

「そうですね。それをオレも考えているのですが」

「あるじゃねえかよ。アンチャンの身近に、実践的なところがよ」

ドックじいさんの提案に「ああ、なるほど」とオレは頷いた。

○

「この子に何を教えるの」

マティルダさんは、メイド服を着せたアイを見ている。

「宿屋でやるべき仕事、全部です」

「全部って……できるの？　この可愛らしいお嬢ちゃん」

メイド服を着せてもらったアイを宿屋に預け、しばらく使用人としての仕事を教えてもらうことにしたのだ。料理、洗濯、掃除、客の応対などなど。

「それにしてもこの子……本当に自動人形なの？　工場に来たらこの子が裸だったから、アンタたち何かやらかしたかと思っちゃったわよ」

「まあ、それだけ精緻にできているんです……アイ、こちらはマティルダさん」

改めてマティルダさんを紹介する。

「宿屋の女将《おかみ》さんで、オレがいつもお世話になっている方だ。君にはしばらく彼女の宿屋で仕事を覚えてもらうからね」

「ヤドヤ……オカミサン……ヨロシクオネガイシマス」

「へえ、ちゃんと挨拶できるんだねえ」

「一度教えたことは、ちゃんとできるようになりますから、マティルダさんの有能なお手伝いになると思います」

「だったら助かるねえ。ここんトコお客が多くて、てんてこ舞いだったから……だったらさっそく行こうかね、アイちゃん」

「ハイ、マティルダサン。イキマショウ」

「じゃあじいさん、ムラト。オレも今日はこのままアイと一緒に宿屋に帰るよ。アイがどんな風に学習していくのかチェックしたいから」

「ああ、そうするがいい――ところでアンチャン。アイのこともいいが、天翔機の方もよろしく頼むぞ」

「はい、そっちも並行してやっていますから、ご心配なく」

天翔機のシステムは、全体の九割ほどが完成していた。

ジェットエンジンや燃料タンク、操縦機器などじいさんの仕事が施された天翔機は工場の端に置かれている。あとはオレの伝達魔法で機器をコントロールするシステムを埋め込めばいつでも飛ばせる段階になる。

じいさんの天翔機は、オレの現実世界のロケットとは違ってちょっとやぼったい、ワインやウイスキーを入れる樽《たる》みたいな形をしていた。じいさんの理論ではこれで人を一人乗せて天空に飛ばすことができるという。

「コーイチ、行くよ」

マティルダさんに呼ばれてオレも工場をあとにする。伝達魔法を修得して大賢者となったが、彼らは以前と同じスタンスで付き合ってくれるので気が楽だった。

しかし、そんな気心のしれた仲間だけではなかった。

「いやいやいやぁ」

「これはこれは、大賢者コーイチ様ではありませんかぁ」

大通りをマティルダさん、アイと連れだって歩いていると、オレの姿を認めた二人が向こうから近づいてくるではないか。

「何だいアンタたち、コーイチに仕返ししようなんて思ってんなら、諦めた方がいいよ。大賢者ライーシ様にアタシが言いつけてやる」

すごむマティルダさんに気押《けお》されそうになりながら、それでもイラックとガネック兄弟は引きつったような笑みを崩そうとしない。

「つれないことを言わないでくださいよぉ」

「オレたち兄弟、十分に反省してますから」

コイツらから反省という言葉を聞いても、心安まる感じはしない。

「ところで大賢者コーイチ様におかれましては——新しくコンパニルを立ち上げられたとのこと」

「本当に、本当におめでとうございます」

「これなるは、お祝いでして……ほんの気持ちでございますが」

そういってイラックが菓子箱みたいなものを渡そうとする。

「いや、結構ですよ。袖の下みたいなモンだったら、オレは不自由してませんし」

「つれないコトをおっしゃらずに……これまでのお詫《わ》びという意味も込めましてですね」

「だとしたら、オレに構わないでくれませんかね。アンタたちとは関わりたくないんで」

「またまたぁ……もう、意地悪を言わないでくださいよぉ。オレたちはですねえ、コンパニルを立ち上げられた大賢者コーイチ様のお仕事のお手伝いをさせていただきたいと思っているんですよ。

フォンとかを作られるなら、ぜひともペデックにと……」

「また働き人にウソの契約させて、便所掃除させるんだろ？」

「いえいえ、そんなコトは……アハハ」

——ったく、コイツらは。

「ところで大賢者コーイチ様、こちらのお嬢さんは？」

イラックは、アイが気になったようだった。

「お前らには関係ない。オレの仕事のパートナーだ」

「ヨロシク……オネガイ……シマス」

初対面の人にも丁寧に接するようにプログラムを組んでいたので、アイは兄弟に挨拶する。

「……もしかして」

「自動人形？」

「ああそうだ。まだ開発中だけどな」

ほおおおと悪徳兄弟が、アイを見て驚いている。つい先日まで便所掃除をやらせていた男が自動人形を開発しているなんて思いもしなかっただろうに。

「じゃあ失礼するよ。オレには関わらないでくれ」

そう言って二人から足早に離れた。

——**面倒なヤツとは距離を取れ**。

トリュフのアドバイスもあったから、これ以上近づくのは危険だと判断したからだった。

○

「アイちゃん、お客さんが食べ終わったお皿は台所に持ってってって」

「ハイ」

「それと皿洗いが終わったら、洗濯物を屋上に干してちょうだい」

「ワカリマシタ……アノ、マティルダサン」

「何だい？」

「キョウノ、オキャクサマハ、アト1クミ、イラッシャイマス。オサラガ、タリナイデス」

「皿が……あら、そうなの」

「オサラヲ、イソイデ、アラッテキマス」

「助かるわぁ、アイちゃん。アンタは本当に気の利く子ね」

マティルダさんは、心強いお手伝いを得て嬉しそうだった。

一週間で、自動人形は持ち前の学習能力を発揮していた。片言だった言葉も流暢《りゅうちょう》に話せるようになっている。（「ウフン♡」など、色っぽい美魔女ワードも覚えてしまったが……）

ディープラーニングプログラムを組み込んだ〝心〟――すなわちAIは、一回でマティルダさんの指示を理解するだけでなく、応用を身につけていったのだ。宿屋に泊まっている客数、朝食に使う皿の数を自分で計算して、足りないことをマティルダさんに申告できるまでになっていた。

アイの進化に目を瞠《みは》る一方で、オレはコンペティションでライーシに勝つ方法を模索していた。

伝達魔法を操る経験値ではライーシに勝てないとわかっている。彼が制作中のイケメン執事型の自動人形は、きっとアイ以上の〝心〟を持って大富豪シェーラのコンペに現れるに違いない。

だとすると——オレがアイに組み込むべき〝心〟は、どういったものがいいのか。

——**わからない情報や知識は、専門家に聞けばいい。**

猫耳美少女トリュフの言葉がまたしても頭の中を駆け巡った。

そうか、ここで言うところの専門家というのは、何も自動人形を開発している大賢者ライーシだけではない。実際に大富豪シェーラの邸宅で働いている使用人たちに聞けばいいのだ。

「ねえ、マティルダさん。今日ちょっとアイを借りてもいいかな」

「借りるも何も、アタシがアンタから借りてるんじゃないの。どうぞ」

「ありがとう。夕食の支度までには戻ってくるから」

そう言ってオレは、アイを連れ出した。


「なあ、アイ。宿屋の仕事はどうだい？」

「マティルダサン、ヤサシイデス」

——優しいという言葉を使えているのは、嬉しかった。つまりアイは「優しい」という言葉の意味を理解している。

「じゃあ、今度は君自身がお客さんや、マティルダさんに〝ヤサシイ〟を実行してみてよ」

「ジッコウ――ワタシハナニヲ、シマスカ?」

「そうだなあ、もしマティルダサンが困っていたら助けてあげたり、悩んでいることがあれば、相談に乗ってあげるとか」

「……ワカリマシタ」

ほかに〝ヤサシイ〟を実行する内容は何があるだろうか。オレはアイに、あらゆる場面での人間の感情をインプットしていった。喜怒哀楽、それらに対してどう反応するのかも、アイは自分で学んで実践しようとしている。

オレとアイは大富豪シェーラの邸宅に向かっていった。

使用人に直接話を聞くなんて反則かもしれないけど、こうでもしなければライーシには敵わないと思っていた。

邸宅前につくと、とても個人の家とは思えない広さで、正面入口には門番がいた。ここから堂々と中に入れるはずもないから、オレはアイをつれて裏側へ回る。すると予想通り従業員専用の小さな門があった。ここで使用人らしき人が出てくるのを待つことにした。

一緒に並んでいるアイを、オレは改めて見る。

ジイサンがシリコンで外膜を作った美少女メイドは年齢設定が十代後半くらい。この自動人形がアイドルグループの一員としてステージに立っていてもまったく違和感はないだろう。そのくらい精緻にできていたし、可愛かった。

「コーイチサマ」

「ん？」

アイが質問してくる。自分で理解できない事柄があると、質問するプログラムを組んでいた。

「ワタシタチハ、ナゼ、ココニイルノデスカ？」

「来週、このお屋敷に住む大富豪シェーラ様が、自動人形のコンペティションを行うんだ」

「コンペティション？」

「どの自動人形が一番かを決めるんだ」

「デハ、ワタシガ、コンペティションニ？」

「そう」

「ワタシデ、ヨロシイノデスカ？」

——ほぉ、謙遜する言葉も覚えたんだ。

「大丈夫、アイはマティルダさんに学んだ掃除や洗濯、料理をすればいい。そしてここに来た理由はね、大富豪シェーラ様に実際に仕えている人から、具体的にどんなことをすればいいのかを聞こうと思っているんだ」

「ナルホド、ソノホウガ、テットリバヤイデスネ」

物わかりのいい自動人形だな……。

そんな話をしていると、通用門の木戸がギイ……と開いて、中から猫背気味の老人と、小太りの中年男が出て来た。

「あ、あの……」

オレが呼びかけると、二人は覇気のない顔でオレをボーッと見ていた。

数分後。

「この子が自動人形……」

「これは驚きましたなあ、私はてっきり人間だとばかり」

喫茶店のテーブルで大富豪シェーラの使用人二人と、オレとアイが対面している。

声をかけた理由を話し、金貨数枚を握らせると、付き合ってくれることになった。ちょうど二人とも休憩時間で出て来たところだった。

猫背気味の老人は、シェーラに長年仕えている執事のケルン、小太りの中年男は邸宅の料理長を務めるボワーゾと名乗った。

なぜ、使用人の中でも主要人物と言える二人がそろって裏口から出て来たか。

「実はこうして、最近は二人で愚痴を言って慰め合っているのです」

老執事ケルンが、力のない笑顔を見せる。

「オレたち、いずれお払い箱になる身だから」

料理長のボワーゾが吐き捨てるように言った。

聞くと、大富豪シェーラが自動人形のコンペティションを行う背景には、自分に仕えている使用人たちのリストラを考えているから——とのこと。

「シェーラ様は、新しいものがお好きなのです。先日も運転手のいない自動車を購入されまして、お屋敷内の庭をそれで走っております」

「あれで運転手はもういらなくなるんだと、オレたち使用人は思ってるんですよ。お抱えの運転手だって、もう次の仕事を探していますし」

「まあ、私のような老いぼれがいつまで仕えていても、ご主人様にはご迷惑でしょうから。それはいいのですが、まだ若いボワーゾや、メイドたちもこの屋敷から追い出されると思うと……悲しいモノがありましてねえ」

老執事は眼に涙を浮かべている。

「こちらの自動人形さんと同い年くらいのメイドの女の子がいるのですが、母親を早くに亡くし、父親は病気で仕事ができず、一家の収入は彼女の働きにかかっているんですよ。彼女の仕事が自動人形さんにとって変わるのが時代と言えばそれまでですが」

「カワイソウ……デス」

横にいたアイが、ポツリとこぼした。

「アイ……」

「ニンゲンノヤクニタツコトガ、ワタシノシゴト……デモ、ワタシ……」

アイに感情が芽生えているのでは……オレにとっては喜ぶべきことだったが、この状況を客観的に見て、素直には喜べない自分がいた。

結局、使用人二人の愚痴を聞いただけで、オレとアイは戻ることになった。

オレは横目でアイを見る。

自動人形の顔に喜怒哀楽はないが、何も話さないアイにも思うところがあるのだろう。

「大丈夫だよ、アイ。宿屋のマティルダさんは、アイが手伝ってくれていることを、あんなに喜んでいるじゃないか」

「デモ、カナシンデイル、ヒトモイマス」

「そうだけど、それは立場によるんだよ」

――うーん。

アイを慰めながら、オレは現実世界と同様に人工知能と人間の住み分けについて考えていた。

人工知能が発達すれば仕事が奪われてしまう。そんな問題があるのは本当なのだ。

この異世界にだって、同じことが起きているという。

「おい、大賢者コーイチ」

トボトボと歩いていると、後ろから声をかけられた。

振り向くと――わっ！

あの悪党どもが十数人、オレたちのあとをつけてきたようだった。細い路地で、他に通行している人はいない。あ、正面からも同じような連中が……挟まれた。

「な、何でしょうか」

「ちょっとそのお嬢さんを、貸してもらいたいんだよ」

リーダー格と見られる、ロン毛で地黒肌――ワイルドなキャラの男が笑っている。

「断ったら？」

「断れないさ……わかるだろ」

指をポキポキと鳴らしはじめる。周囲にいる連中も同じ所作をしている。

——やれやれ……自動人形のテストをしなければいけないのか。

「アイ……」

「ハイ、コーイチサマ」

「この人が言っている意味はわかるよな」

「ハイ、ワタシヲ、カリタイノデスネ」

「そうらしいんだ。協力してあげようと思うんだけど、いいかな」

「カシコマリマシタ」

「ほほーっ、ものわかりがいいなあ、感心感心。もし従わなかったらアンタを殺してもいいとまで言われていたけど、手間がはぶけたぜ……じゃあ行こうか、お嬢ちゃん」

リーダーが、アイの肩に手をかけた。

「あ、その前にちょっとだけ話をさせてください」

そう言ってオレはアイの耳もとに口を寄せ、彼女にだけ聞こえる声で囁《ささや》いた。

「いいか、アイ……殺してはいけない」

「カシコマリマシタ」

アイはうなずくと、馬車に乗せられて行ってしまった。

その様子を見とどけてから、オレはフォンでじいさんに電話をかける。

「どうしたぁ」

「じいさん、アイがイラック・ガネックにさらわれた」

「ほぉ、それは気の毒になあ……」

殺してもいいと「言われていた」と男は言っていたので、黒幕がいるのはわかった。

アイが自動人形であると知っているのは、ドックじいさん、ムラト、マティルダさんと、さっき話していた老執事と料理長……あとはあの悪徳兄弟だけだ。

アイはイラック・ガネックの顔を記憶している。彼らに拉致された時に敵対プログラムが起動するように組み込んでおいた。見た目は可憐《かれん》なメイド少女ではあるが、その身体機能は特殊部隊の兵士並みであり、屈強な男が武器を持っていても、そう簡単には倒せない。

「アイは宿屋に戻ってくるんだろ？　損傷がないか確認したいでな、今から行くわ」

「ああ、待ってるよ」

アイに「殺してはいけない」と命令したけれど……半殺しになるだろうな。

宿屋に戻りながら、愚かな兄弟に同情してしまった。

○

アイは、オレとドックじいさんが到着するより早く宿屋に戻っていた。

「どこも損傷はないようじゃ」

じいさんは自分が作った自動人形の性能に満足していたようだ。

「アイ、怖くなかったか？」

「コワイ……？」

彼女に〝恐怖〟はまだ組み込んでいなかったか。

「今日みたいに、悪い男に連れて行かれることだよ」

「ソレガ、コワイ……デスカ？」

「いや、それだけとも限らないか」

「アイや、お前さんのデータを見せておくれい」

じいさんは手持ちのフォンをアイにかざした。無線で彼女のデータベースにアクセスして、今さっき見聞きしたことが、動画データとしてフォンに現れるのだ。

「……ああ、かわいそうになあ」

じいさんが同情の声を上げる。

オレもフォンを覗《のぞ》く。

動画はアイの目にある内蔵カメラで録画されたものだ。ペデックに連れてこられて、イラック・ガネツク兄弟を「敵」として認証したアイが、相手を次々倒していく。

《ごめんなさい！　ごめんなさい！》

《もう誘拐しませんから、許してください！》

数分後には、顔をボコボコにされた兄弟が命乞いをしていたのだった。

今、オレの前で横たわっている少女の形をした自動人形に、そんな殺人兵器並みの能力があろうとは誰も思わないだろう。あの二人はそれを体験してしまったわけだ。


夜。

アイは、オレのベッドで横になっていた。

自動人形だから椅子に座ったまま電源をオフにしてもいいのだが、いろいろあった今日はシステムも疲れているだろうから、生身の人間と同じく身体を横たえて休ませることにした。

何も言わないでオレをじっと見つめている。この子が誤作動でも起こして、オレを「敵」として認識でもしたら……想像しただけで冷や汗が出てくる。

「アイ、今日は疲れただろう。ゆっくり休んでいいよ」

「ハイ」

オレの言葉を認識したアイが、自動的に電源をオフにして今日の活動を終える。まぶたがゆっくりと閉じていく。可愛いメイドちゃんが、すやすや寝ている姿にほかならない。

オレもベッドに入り、彼女の脇に身体を横たえた。

目の前にアイの顔。寝息はないが、目をつむっている。

——可愛《かわい》いなあ……。

顔を近づけてみる。自動人形だから人間ではない。まして今は電源をオフにしている。

この子に感情はない。

オレには感情がある。

「……アンタ、自動人形に何やろうとしてんのよ」

「ひっ！」

このタイミングで出てくるのか！

いつの間にか、オレの背後にトリュフが添い寝していた。

自動人形美少女と、猫耳美少女に挟まれて寝ている図は、異世界小説的にはオイシイ展開なのかも知れないが……。

「ねえ、変態の大賢者様」

「変態って言うなっ！」

「ゴメン、言い間違えたわ……〝ド変態〟の大賢者、コーイチ様」

「すみません。許してください」

トリュフのドSキャラに慣れてしまった自分が悲しくもある。

「アンタさあ、人間の仕事が自動人形に奪われることに同情してるでしょ」

「だって、家族のために働いている女の子がいるんだぜ」

「そういう**感情論は排して、ロジカルに考えてみなさい**よ。アイだってアンタの感情にひっぱられておかしくなってたじゃないの」

トリュフは、今日のやりとりを見ていたのだ。

「あのねえ、コーイチ。そもそも人工知能によって仕事が奪われるって発想自体が間違っているのよ」

「……どういうこと」

オレは一緒に寝そべって、アドバイスを聞いた。

「ああ、そういうことなのか」

「でしょ?」

「それは、大富豪シェーラの使用人たちにも共有すべき話だな」

自動人形のコンペティションは近づいていた。

○

コンペティション当日。

大富豪シェーラの邸宅にはオランジェラ国中のエンジニアが集まっていた。オレたちや大賢者ライーシの巨大企業ゴガイアだけでなく、機械を作っているコンパニルも多数参加している。まあ、伝達魔法を組み込んだ〝心〟のある自動人形は二社だけだが。

「フワアアア……」

オレは欠伸《あくび》を嚙《か》み殺していた。

「何だよアンチャン、本番前だってえのに」

「すみません。昨日も遅かったもので」

ここ数日、アイの〝心〟を組む伝達魔法に遅くまで取り組んでいた。マティルダさんから学んだ家事をするのには何の問題もなかった。だが突発的な出来事が起きたらどうするか、そのプログラムをいろいろと想定して、組み込んでいったのだ。

そんな時にトリュフが現れて、こんなことを言っていた。

「そうそう、そんな風に一つのことにサルのようにハマるのも大事よ」

「サル？」

「**何か一つに極端すぎるほどハマれば、その集中力はほかでも活《い》かせるから**」

「そんなモンかな」

とオレは返していたが、確かに集中して一つのことに打ち込んでいる時間は楽しかった。

だが、さすがに寝不足が続いていると辛いものがあるのは確かだ——ん。

「あれって……」

オレは体育館ほどの広さのある控え室の隅に、見馴《みな》れた顔を認める。

ペデックのイラック・ガネツク兄弟だった。彼らもまたこのコンペティションに参加するつもりのようだ——それでアイを誘拐したのか。

二人の顔の痣《あざ》は痛々しかった。戦闘モードに入ったアイにボコボコにやられたのだから無理もないだろう。オレは念のため、アイの敵対プログラムを一時的に解除した。

「ん、アンチャン、あれを見ろよ」

ドックじいさんも兄弟に気づいたようだ。

「アイツらも、自動人形を連れてきてるぞ」

「そうみたいだね」

オレは、もう一度兄弟たちの方を見る。

まるでアイを……というかオレたちのアイデアをパクった、メイド服姿の自動人形がヤツらの後ろに控えていた。

「アイツら、アイにあんだけやられながらも、コピーできたのか」

「いやあ、それはねえな」

じいさんが自信たっぷりに答える。

「アイに〝心〟を埋め込むための基板は、胸の部分の奥にあるんだよ。損傷なく戻って来たアイを見る限り、ヤツらがこの子の胸部分を開いた形跡はなかった」

「だとしたら、あの自動人形は？」

「まあ見てからのお楽しみってトコだな」

じいさんは、もうカラクリを見破っていたかのような笑みを見せた。

と、一方でじいさんの横にいる経理担当のムラトは、浮かない顔を崩していない。それはコンペティションに自信がないからではなく、彼ならではの不安があったからだ。

数日前に、オレはムラトから相談を受けていた。

「コンペに勝っても、自動人形の大量生産に入るのは……難しいかと」

「で、でも大富豪シェーラが支援してくれるし」

「生産には問題ないけれど、オランジェラ国ではまだ需要が見込めない」

「なるほど。シェーラほどの大富豪なら金に糸目を付けないけれど、一般に普及するには」

「そう……開発コストから算出すると、そう簡単には手が出せない価格になる」

アイを喜んでくれているマティルダさんのような人に使ってもらいたいのだが……。

そのムラトは、大賢者ライーシたちの方を見ていた。

「巨大企業ゴガイアの自動人形は、男の容姿なんだな」

オレが一カ月前に見たライーシの自動人形は、さらにレベルアップしていることだろう。

控え室のドアが開いて、見覚えのある顔が現れた。

先日、オレに愚痴っていた老執事のケルンだった。

「これより、シェーラ様主催による、自動人形のコンペティションを開始いたします。お集まりの皆さまは広間にお移りください」

ケルンの号令で、参加者はどやどやと動き出す。

「なあ、アイ」

オレは自分たちの自動人形に話しかける。

「ナンデショウカ、コーイチサマ」

「これから君は、ほかの自動人形と一緒にあれこれ試されると思うけど、君はいつもマティルダさんの宿屋でやってきたことを見せてくれればいい」

「カシコマリマシタ」

アイが素直にうなずく。

大きな広間に移動すると、この邸宅の主であり、オランジェラ国のエネルギーを牛耳《ぎゅうじ》っている大富豪シェーラが、前方に鎮座していた。

少し離れた壁際には、やがて仕事を奪われるであろう使用人たちが暗い表情で立っている。

「コンパニルの皆さん、本日は自動人形コンペティションにご参加いただき、ありがとうございます。この国の技術を見させていただきますよ」

大きな椅子に腰かけた大富豪シェーラは立場に驕《おご》ることなく、すべての参加者に礼をつくした言葉を述べる。ライーシといい、シェーラといい、この国の大物は人間ができている。

「コンペティションの内容はいたって簡単です。私が命じたことを、みなさんが作られた自動人形が的確に対処できるかを見させてもらう――これだけです。では始めましょう」

シェーラの号令で、コンペティションが始まった。

順番はあらかじめクジ引きで決められていた。参加するコンパニルは全部で五組。ペデックは三番目、ゴガイアは四番目で、ラストがオレたちとなった。

一番目、二番目はオレの知らないコンパニルの自動人形だった。

シェーラは自動人形に「お茶を淹《い》れてくれ」、「本棚にある歴史書を取ってくれ」と命令を出していく。自動人形は独自で開発したシステムが内蔵されているようで、シェーラが命ずるミッションに数秒の時間を置いてから動き出す。上半身は人型になっているが二足歩行までは作ることができなかったようで、スカートのような下半身に車輪をつけて移動していた。おそらくドックじいさんのように町工場で作られたものなのだろう。技術者の熱意を感じられたが、肝心のミッションを遂行するのには物足りない感は否めなかった。

　驚いたのは三番目——イラックとガネック兄弟が製作した自動人形だった。パクリだと思っていたそれは、人間のそれとまったく遜色ない動きでミッションをこなしているではないか。

　わざとコーヒーを床にこぼしたシェーラが、「汚してしまったので掃除をしてくれ」と命ずると、

「カシコマリマシタ、ゴシュジンサマ」と美少女メイドは反応する。

　水を汲《く》んだバケツを持って来て、絞った雑巾で床を拭き始めたではないか。その動きにはまったく自動人形的なぎこちなさはなく、生身の人間の所作と変わらなかった。

「す、すごくないか、あれ」

　自動人形の精度に、ムラトの口は開いたままだ。

「なあに、化けの皮はすぐに剝がれるよ」

　ドックじいさんは余裕の表情。その顔を見て、オレも理解できた。

　いや、オレだけでなく、主催者のシェーラも気づいていたようだった。

　シェーラにお尻を向けて、メイド服の自動人形は雑巾掛けをしている。

　そのお尻に、シェーラはピタッと手を添えたのだ。

「キャッ！」

　甲高い悲鳴が会場内に響き渡る。多くの人は羞恥心のある自動人形に驚いたようだったが、一番驚いていたのは、当の自動人形だったのだ。

「な、何すんのよ！　この変態ジジイ！」

気色《けしき》ばんだ自動人形が振り返って、主人であるシェーラの手をパチンと払った。

「あ、あわわわっ」

自動人形にバグでもあったかのように、イラックとガネックが駆け寄ってくる。

「も、申し訳ございません。シェーラ様」

自動人形に不具合が発生したようでして」

シェーラの目の前で顔を怒らせ仁王立ちしている彼女を制止しようとする。

「んもぉ、やってらんないわよっ」

彼女の怒りはまだ収まらないようだった。手にしていた濡《ぬ》れ雑巾をイラックの顔にパチンと叩きつけた。

「お金をくれるって言うから、自動人形のフリをしてたけど、そんなセクハラまでされるとは思わなかったわよ！」

「ホッホッホ……ずいぶんと精緻な自動人形ですなあ」

シェーラの声は笑っているが、顔は笑っていない。

「アタシ、帰らせてもらうから！」

そう言ってペデックが持ち込んだ〝自動人形〟は、自らの意志でスタスタと会場から出て行く。

「ああっ、ちょっと……ちょっと待って！」

「シェーラ様、これは何かの間違いでして、自動人形が誤作動を起こしたのです」

彼女を追いかける形で、イラック・ガネック兄弟が逃げていく。

「ははっ、すげえモン作ったもんだな、アイツら」

ドックじいさんが顔をクシャクシャにして笑っている。ムラトも、そしてオレも。

「……では次、気を取り直してゴガイアの自動人形を拝見しよう。ライーシ殿」

今までのドタバタ展開がなかったかのように、大賢者ライーシが無言でうなずく。今日も彼は黒のタートルシャツに青のパンツという、いつものファッションだ。

いよいよ、彼の自動人形の凄《すご》さを見る時がきたのだ。

さあ、と促されてシェーラの前に進み出たイケメン執事型自動人形は、恭しく頭を下げる。

「先ほどの茶番はお忘れになって……何なりと、お申し付けくださいい。シェーラ様」

——おおお。

場内にどよめきが起こった。今さっきの出来事を認識しての、自動人形の発言なのだ。

「そうだな。では……私の気分をよくしてくれないか」

「……かしこまりました」

返事をすると、自動人形はスタスタと窓に近づいてガラス戸を開けた。続けて対面のガラス戸も開けた。

「室内の二酸化炭素濃度が上がっておりました。まず空気の入れ替えをいたします」

すうう、と爽やかな風が室内に入ってくる。

「うむ。的確な判断だ」

「よろしければハーブティーをお淹れしましょうか。ペパーミントやレモングラスをブレンドしたものが、今の気分には合うと思います」

「それをいただこうか」

「かしこまりました」

自動人形は使用人たちを一瞥《いちべつ》すると、メイド服を着た少女に近づいた。

「恐れ入ります。このお屋敷に、該当するハーブティーはありますでしょうか」

「は、はい。私が……」

「いえ、これは私の仕事です。場所をお教えいただければ赴いて、作ってきますので」

「……はい」

「いや、君。やはりハーブティーは結構だ」

自分で判断し、交渉し、次の行動に移る――一連の動きを見て、シェーラはもうこれ以上の命令は必要ないと思ったのだろう。

「左様でございますか」

「その代わり、ひとつ聞かせてもらいたいことがある」

「何なりと」

「君……自動人形は、何のために存在すると思うかね」

「私は、シェーラ様を始めとする人間のお役に立つために開発されました。シェーラ様が喜ばれることをするのが、私の存在意義と認識しております」

「……あいわかった」

シェーラは自動人形の返答に深く頷いて、しばらく考えていた。

「では最後だな──大賢者コーイチ殿」

いよいよ、オレたちの出番だ。

「アイ、頼むぞ」

「カシコマリマシタ」

そう言ってアイは、すう、とシェーラの前に立つ。

「では君、私を楽しませてくれないか」

「……カシコマリマシタ」

さっきのライーシ製作の自動人形同様、大富豪シェーラは、ライーシとオレの自動人形には抽象的な命令を下してその能力を見ているようだった。一番目と二番目（三番目は問題外）の自動人形とは明らかに性能が違うと認識した上での命令だった。

──アイは、どうするのか？

楽しい、という定義をディープラーニングでどう自分のものにしたか。

「サキホド、ココカラデテイキマシタ、イラツク・ガネツク、デスガ……センジツ、ワタシヲサラオウトシマシタ」

「ほう？　それで」

シェーラが身を乗り出して聞いてくる。

何と、アイは自分が拉致されたいきさつをシェーラに語り出したのだ。ボコボコにしてやった結末までを……。

「アッハッハ……それは面白い話だな」

アイの話を聞いたシェーラを始め、まわりもみんな笑っていた。

つまり、アイはあの一件を「楽しい」と認識していたという……。

オレは内心、かなり引いていた。身の回りに起こった出来事を、彼女は情報として受け取って、整理しているのだ。もしオレがアイに何かしようとしたら……。

「うむ、楽しい話を聞かせてもらったよ。では君にも質問したい」

「ナンナリト」

「君の望みは、何かね」

「何と……」

「シヨウニンサンヲ、クビニシナイデホシイデス」

「ジドウニンギョウハ、シヨウニンノ、シゴトヲ、ウバイマス。カワイソウデス」

壁際に立っていたシェーラの使用人たちが、アイの言葉に目を見開いている。

「……それは違うよ君」

シェーラが椅子から立ち上がった。

「自動人形が人間の仕事を奪うと思って、使用人たちを心配してくれているのは有難いことだが、それは何ら問題ないことだ」

「モンダイ、ナイデスカ？」

「ああ、恐らくそこにいる私の使用人たちも、自動人形の出現で自分たちの身を案じていると思うが心配することはないのだ。なぜなら、今までやらなくてはいけないことを自動人形がやってくれたら、人間はその時間でやりたいことができるようになる」

「ジカン……ヤリタイコト？」

「例えば、そこにいる執事のケルンは長年私に仕えてくれたが、重いモノを持つのが辛そうな時がある。もう歳《とし》だしな。ならば代われるところは君たちに代わってもらって、その時間は自分の家族と一緒に過ごしてもらいたいと思っている——もちろん給料は減らさない」

主の〝本心〟を聞いた老執事は、驚いて震えているようだった。

オレも驚いていた。大富豪シェーラがアイに説いていることは、先日トリュフがオレに寝物語で教えてくれた話と同じだったから……。

「その隣にいる料理長のボワーゾは、自分の店を出したいという夢があるらしい。だったらこの屋敷の料理は自動人形に任せ、彼に店を出させてあげたい……そして病気の父親を抱えているメイドは、疲れて家に帰っても父親の世話を自動人形に任せれば、いくらかは楽ができるだろう」

「ゴシュジンサマ……ヤサシイ」

「ほお、君は感情を理解するのだね。素晴らしいではないか。でもその感情が仇《あだ》となる時もある。たとえばこのコンペティションのような場所ではね」

大富豪シェーラはニッコリと笑った。

壁際から、使用人たちのすすり泣く声が聞こえてくる。

その様子を見て、オレは「負け」を確信していた。

アイが学び始めている感情は、雇い主にとっては不要な要素にもなる時があるのだ。

対して、どこまでも人間に忠実なライーシの自動人形は完璧なものに見えた。

○

「あーあ、性能じゃ負けてねーんだけどなあ」

ドックじいさんは、まだ悔しがっている。

「でもじいさん、大富豪シェーラはアイのことも認めてくれたんだから」

やさしさを身につけたアイの〝心〟をシェーラはいたく気に入ってくれた。君たちのコンパニルは、そこに商機があるというアドバイスも。

「勝負ってえのはよぉ。勝つ方が嬉しいもんだぜ、アンチャン」

「それはそうですけど」

コンペティションは大賢者ライーシが作成した自動人形が採用となり、巨大企業ゴガイアはその量産体制に入るとのこと。まずはシェーラが使用人として大量に買いとることになっている。

コンペティションのあと、ライーシがオレに言った言葉が胸に残っている。

――コーイチ、我々は試合に勝って勝負に負けたような気分だよ。

彼はオレの仕事を認めてくれたのだ、と思った。

ウーンと、じいさんが背伸びをする。

「さあて、次はどうするアンチャン。伝達魔法でできることはほかにもあるだろう」

「そのことなんですが」

オレは大富豪シェーラのコンペティションが終わった後も、夜遅くまで次の戦略を考えていた。

自動人形アイに組み込んだ〝心〟――ＡＩは、人間の心に寄り添うもので、シェーラも商機があると言ってくれた。

であれば、この〝心〟を使うべきだろう。

でも、ドックじいさんが開発しているのは、家電量販店にありそうでなさそうなモノばかり……それと工場の端にドーンと置かれている、完成目前の天翔機だ。

「また自動人形を作りたいだなんて言わないでよ。性能の良さはわかるけど」

経理担当ムラトからは採算性重視の忠告をもらっている。

「わかってるって。アイは当面、マティルダさんの宿屋で働いてもらって、来《きた》るべきチャンスがあれば何か別のことに使いたいと思ってる」

「じゃあ、アンチャン。そろそろ天翔機に本腰を入れてくれねえか」

「ああじいさん、それもわかってる」

オレは天翔機を眺めている。自動人形のコンペティションが終わった今、オレが取りかかるべき次のミッションはこの天翔機なのだ。

「しっかし、じいさん。よくこんなのを作る気になったよな」

ムラトは半ば呆《あき》れたような口ぶりだ。

「これはワシの趣味じゃよ。売り物にする気はないから、ほっといてくれ」

「趣味って……それにしてもこんな本格的なものを、どうして作る気になったんだ。開発するコストだってバカにならなかっただろうに」

「天空に行ってみたい、見てみたいと思わないのか。ムラトは」

「はあ」

二人には温度差があるようだが、オレはじいさんの熱意がわかっている。

なぜならオレは、宇宙飛行士になるのが夢だったから。じいさんと同じく「行ってみたい、見てみたい」と思っていたから。

だからこそ、じいさんの夢である天翔機は開発しないといけない……あ。

「あああ……？」

「どうしたぁ、アンチャン」

「コーイチ、だ、大丈夫か」

寝不足が続いていて、視界がグニャグニャしてきたではないか。

これって……オレが現実世界の本屋で見た光景と同じなんじゃないかと。

ああ、やばい……やばいって……身体が言うことを聞かない。

キューンと、深い谷底に落ちていく感覚だった。

――コーイチ、ねぇコーイチ。

――早く目を覚まして。

○

ああ……またあの声が聞こえてきた。

オレの意識がゆっくりと戻っていく……と、目の前にトリュフとアイがいた。

「目を覚ましたわね」

「シンパイシマシタ……コーイチサマ」

「ここは……?」

「マティルダさんの宿屋よ。アンタが倒れたって連絡があって、アイが工場からアンタを背負って、ここまで運んでくれたのよ」

「そうか、アイ、ありがとう」

寝ているオレを見ているアイにお礼を言った。

「ったくもう。みんなに心配をかけるんじゃないわよ」

トリュフの口調は怒ってはいるが、心配そうな目をしていた。

――この子、こんな表情をする時もあるんだ。

「いったい、どうしちゃったのよ。突然倒れたっていうけど」

「寝不足がたたって、過労でぶっ倒れたんだと思う」

「アンタにしては、ずっと頑張ってたからね。でも身体を壊すまで働いたら身も蓋もないわよ」

「**一つのことにサルのようにハマるのも大事**ってアドバイスしてくれたのは君じゃないか」

「一つのこと――アイの開発は一段落したでしょうが。**多動力を発揮するのに、睡眠時間を削るのはもってのほかよ。十分な睡眠をとることだって仕事の質を高めるのに必要**なんだから」

「はあ」

「それと**ストレスのない生活を送ることも大事**」

「大丈夫だよ。現実世界と違って、ここにきてストレスを感じたことはない。仕事も楽しいからストレスと思っていないし」

「だったらいいけど、**ストレスは多動力の敵だから、やりたくないことはやらない、付き合いたくないヤツとは付き合わない。言いたいこと言って、食べたいもの食べて、寝たいだけ寝る**――それだけでストレスはなくなるわ」

「わかった、実践する」

「ねえ、コーイチ」

トリュフがオレの枕元に腰かけた。モフモフの尻尾がオレの顔を撫《な》でる。

「シェーラのコンペで、大賢者ライーシが言ったこと覚えてる？」

「試合に勝って勝負に負けた――だろ」

「どういう意味かわかってるの」

「うーん。自動人形のコンペでは負けたけれど、オレがアイに埋め込んだ〝心〟を、ライーシは認めてくれたのではと」

「だったらアンタの〝心〟をもっと応用開発していけばいいのよ」

「ああ」

オレは考える。

アイに組み込んだ〝心〟すなわちAIは彼女の言動としてアウトプットされる前提で開発した。それをもっと応用開発するとなると、ディープラーニングなどで膨大な情報が必要になってくるはずだし、フォンなど、より多くのデバイスが必要になる。

だとしたら、オレの伝達魔法Kだけではこれ以上の開発は難しいのでは……。

「あ……」

「気がついた？」

「ああ、でもそれは難しいんじゃないかと」

オレの伝達魔法Kだけでなく、ライーシの伝達魔法Rと結びつけることで自動人形の〝心〟開発をグレードアップさせることはできる。

「でも違う伝達魔法だから、それは無理なわけで……ちょ、ちょっと待って考えるから」

トリュフがオレの腕に嚙みつこうとしていた。

腕に嚙みつくという彼女の所作は、オレに多動力を植え付ける時だ。

オレがこれから〝心〟を改良、開発していくとして、大賢者ライーシはどう考えるか……。

あ、そうか！

「トリュフ、君が教えてくれた寿司《すし》修業と同じことだ」

「そう。多動力を身につけてきたのね、コーイチ。アンタずいぶん成長したわ」

トリュフが微笑《ほほえ》む。そうか、多動力ってこういうことなのか。

「発明が生まれたら、それを共有して新しい発明を積み重ねる方がいいんだ！」

「そう、そうよ。**全部自分でやらなければいけないって思い込んでいたら、多くの仕事を手がけることはできない。**天翔機の開発だってやらなくちゃいけないんだから」

言われてみればそうだった。

大賢者ライーシは、オレが開発した〝心〟――すなわちＡＩを認めてくれている。だとしたらビジネスとしてライーシに持ちかければいいのだ。

「それと、これもアドバイスしておくけど、〝心〟の開発だって、アンタ一人で抱えこんでちゃ、またこんな風に倒れることになるわよ。**アンタが原液のような存在になって、それを薄めてくれるような存在を多数持てば仕事の分散は可能**になる」

「オレの分身に仕事をさせるってことだね」

「そう。それで効率はグンと上がるわ。どうあがいたって、アンタにできることは限られている。**その貴重な時間は分身に任せて、ほかにもっとやりたいことに使う**のよ」

「なるほど、じゃあさっそく今から……って、イタアアアッ！」

結局、噛みつくのかよ。

「まだまだ多動力が足りない！　さっき言ったばかりでしょ。**十分な睡眠は大事だって！**」

「はいはい……そうでしたね」

「とにかく今日は休むこと。明日から忙しくなるわよ」

この子、優しいんだかキツイんだか、よくわからない……。

○

翌日。
完全復活したオレは、大賢者ライーシに相談することにした。
《ゴガイアと一緒に〝心〟の開発をしたいのですが、話を聞いていただけませんか》
メッセージを投げる。
するとすぐに《了解》とライーシから返事が……トリュフの言う通り、**仕事が忙しい人ほどメールの返事が早い。**見習わなくてはと思った。
《では、これよりゴガイアに伺います》
数秒で返事が来る。
《**無駄な会議はいらない。私と君だけならフォンのやりとりだけで仕事はできるはずだ**》
おお、さすが大賢者ライーシ。

ならばと、さっそくオレは〝心〟の提携案をライーシに送った。

内容を要約すると次のようになる。

オレが自動人形アイ用に開発した〝心〟は、ライーシが開発したそれと同じものだったが、大富豪シェーラが指摘してくれたように〝優しさ〟をもって利用する人間に接してくれる。機械的な正確さと計算で対処するライーシの〝心〟も勿論《もちろん》いいが、人間らしいオレの〝心〟の方が上だとライーシも認めてくれていた。

ならば〝心〟の開発を巨大企業ゴガイアと共同で行うことにする。互いの伝達魔法を共有し、オレはライーシの伝達魔法Rを用いてグレードアップした〝心〟を作って、ゴガイアに提供する。

そうすればゴガイアも、オレが開発した〝心〟をフォンなどに活用できる。

そういうビジネスをしませんか。

企画書を送信すると、数分でライーシから返事が来る。

《内容は理解した》

《いかがでしょうか?》

《君は、このビジネスの危険性を考えたことはないのかね》

もっともだと思った。

大賢者ヤシでさえ、ライーシとは違う伝達魔法であることを強調していたのだ。お互いの利権を守るための別々のものだった。

だが、オレはこうも思う。

《確かに、競争相手に自分の伝達魔法を見せることはリスクがあると思います。けれど情報の機密保持はお互いの信頼関係があればクリアできるかと。それと万が一のトラブルの際には、提携した相手に対して協力は惜しみません》

《なるほど、了解した。それでは私の伝達魔法Rを教える。同時に君の伝達魔法Kも送ってくれたまえ――ビジネスは成立だ》

――やった！

オレはガッツポーズしていた。

下町のはずれにある小さな工場のオレたちが、巨大企業ゴガイアを相手に、対等なビジネスができるのだ。現実世界ならアップルやグーグルなど、ＧＡＦＡと呼ばれるプラットフォームの大会社と取引するのと同じことになる。

「オレ、すごくないか」

興奮で身体が震えているのが自分でもわかった。

現実世界では、毎晩サービス残業をさせられていた末端のＳＥだった。

そんなオレが、どういうわけか異世界に転生して、始めのうちこそペデックのイラック・ガネツク兄弟に奴隷のように扱われていたのだが、猫耳美少女トリュフの導きによって伝達魔法を修得して大賢者となり、コンパニルを起業していた。

トリュフが言っていた「多動力」を実行したら、ここまできた——ということだ。


だが一方で、オレはこんなことも考えていた。

とりあえず、異世界ではここまで来た。

しばらくは〝心〟の開発に、トリュフの言うところの「サルのようにハマる」ことになり、それをやりながら次にやりたいことができるだろうから、そっちに移行するだろう。

でも思う——オレは何のために異世界に転生したのだろう。

この先、オレは何をしていくんだろう。

今はもちろん充実しているけれど、これから先のビジョンがぼやけている気がした。

先が見えない不安……なのだろうか。

でも、でもとりあえず今は……。

「やるべきことを、やるしかないか」

そう腹を括《くく》って大賢者ライーシとのビジネスに手をつけることにした。

CHECK 多動力 WORDS OF CHAPTER 4

◆見切り発車は成功のもと。

◆経費精算を自分でやるサラリーマンは出世しない。

◆自分にとって面白い人としか会わない。

◆仕事がデキる人には「レスが速い」という共通点があり、忙しい人ほど持ち球を手元に溜めない。

◆ストレスを溜めると、仕事のパフォーマンスはグンと下がる。

◆自分にしかできない「原液」を作れば、とんでもない数の仕事ができる。

◆仕事も遊びも、コミュニケーションも買い物も、スマホで全部事足りる。

◆「サルのようにハマる」ことも才能。

◆「無駄な会議」をなくす。

第五話

今がすべて。

ドックじいさんが開発したロケット――天翔機《てんしょうき》は最終の実験段階に入っていた。

「ふう、ここまで持って来るのは大変だったのう」

額の汗を拭って、じいさんは天翔機を仰ぎ見る。

「大変だったのう――って、よく言いますよ」

「じいさん、オレたちが運ぶのを見てただけじゃんか」

近くの河川敷まで運んだのはムラトとオレ、そして自動人形のアイだった。

軽自動車を垂直に立てたくらいの大きさの天翔機は、現実世界のそれと比べれば小さいものではあるが、エンジンや燃料タンクなどは本格的で重量はある。

土手までゆっくりと運ぶのに一時間はかかったと思う。本当は馬車で運べば楽だったのに、「不測の揺れで機械がおかしくなるかも知れん」というじいさんのこだわりで、リヤカーのような台車に乗せ、人力で運んだのだ。こっちの方がよっぽど不測の揺れがあると思うのだけど。

河川敷の中央に天翔機を据えると、じいさんが胸元からフォンを取り出す。

フォンはゴガイアが製作したものであるが、先日大賢者ライーシと技術協定を結んだことで、オレの伝達魔法《でんたつまほう》Kでも動くようになっていた。目の前の天翔機も、エンジン等の制御装置などはオレがプログラムを開発した。つまりオレの伝達魔法Kで操作できる。

アイの〝心〟を組む伝達魔法に一カ月寝食忘れて没頭して、ついには過労で倒れてしまったオレだったが、その後トリュフのアドバイスで睡眠時間はちゃんと確保するようにした。おかげで最近は体調がいい。ストレスはもとより感じていない。ロケットの開発はやりたかったことだから。

たくさん抱えていた仕事は「分身」を作ることで効率化していた。

オレの伝達魔法KをライーシのR伝達魔法Rに変換してフォンに入れる作業については、かつて大賢者ヤシの伝達魔法を個別に伝授してくれた連中に業務を〝分散〟している。

この〝分散〟というのがミソだった。一人にすべての伝達魔法を教えてしまうと、オレのように修得が可能になってしまう――そこで大賢者ライーシが危惧していた伝達魔法の流出を〝分散〟で解消した。

「じゃあアンチャン、燃焼実験を始めるぞ」

じいさんの号令で、オレたちは天翔機から距離を取る。実際に宇宙へと飛ばすのにはタンクに燃料をフルに入れなければならないが、今日はエンジンがちゃんと作動しているかをチェックするだけの確認実験だ。

「さん、にい、いち……エンジン点火！」

じいさんが手持ちのフォンをタップする。

すると天翔機の下から煙がプシューッと噴き上がる。

天翔機のタンクには液化した「魔法石」が入っている。これがエンジンへ送り込まれ、高温のガスがノズルから噴き出すことで天翔機を上に押し上げるのだ。

今回は実験だから天翔機本体は制御台にフックで固定されている。このフックが外れる時が、天翔機が宇宙に飛んでいく時になる。

プシュウウウウウッ！

さらに大きな音を立てて、天翔機は煙を噴き出している。

「ああ、この音を聞いているだけでアガるよなあ！」

オレは赤い炎が噴射されているのを見て、興奮を隠せない。

「コーイチは本当に天翔機が好きなんだなあ」

ムラトが呆《あき》れたように言う。

「だってさあ、ムラト。これに乗って天空に行くことができるんだぞ。まだオランジェラ国では誰も見たことのない天空をさあ」

「それは何度も聞いたよ。でも大富豪シェーラ様も、よくも我々に魔法石を無償で提供してくれたもんだな」

「これもビジネスだ」

オレはシェーラにもビジネスを持ちかけたのだ。オレたちの天翔機のスポンサーになってもらって液化した魔法石を提供してもらう。代わりに、いつになるかわからないがシェーラに宇宙旅行をプレゼントする約束をしていた。

シュウウウウウ……。

すべての燃料を吐き出した天翔機が炎を細くして、エンジンを停止させる。

「よおし、問題なさそうじゃ」

じいさんは満足げにうなずくと、まだ熱の残っている天翔機に近づいていく。

「アイや、チェックが済んだら再度実験をするぞ。燃料を取りにいってくれ」

「カシコマリマシタ」と、アイは工場に戻っていく。

じいさんは急ぐように実験にのめり込んでいた。宿屋のお手伝いをしていたアイをここまで引っ張り出して手伝わせているのにも、ワケがある。

実は大賢者ライーシも、宇宙ロケットの開発を進めていたのだ。

巨大企業ゴガイアの実験施設に、じいさんのものよりもスマートなフォルムのロケットが現れたのは数日前のこと。「ななな……」と、その出現に驚愕《きょうがく》したじいさんは、自分がロケット開発のパイオニアであることを譲りたくはなかったようだ。

オレはライーシに聞いてみた。

《なぜゴガイアが天空を目指す必要があるのか？》

《我がコンパニルの伝達魔法がオランジェラ国で届かない場所があるのだ。私のすべきことは、すべての人に伝達魔法で便利な生活を享受してもらうことである。天空に伝達魔法を経由させる中継機を置けば、すべての人々に届けられる》

《ああ、なるほど》

つまり、ライーシはオレの現実社会同様に通信衛星をロケットで飛ばしたいのだ。彼もまた意識が宇宙に向いていたわけである。

「ライーシに後れを取るわけにはいかねえぞ。自動人形のリベンジは果たしてやる」

ドックじいさんの研究者魂に、一気に火がついたようだ。

ところで、

「なあじいさん、この天翔機に誰が乗るんだ？」

「それなんじゃが……」

オレの質問に、じいさんは思案顔になる。

「ワシとて、乗ってみたいのはやまやまじゃが。如何《いかん》せん天空がどういうものかは未知でな。命知らずであればワシが乗って飛び立ちたいところじゃが、今後も開発は必要だしな。とりあえずは無人で飛ばすか、アイのような自動人形をもう一体作成して乗ってもらうか」

「それ、オレが乗っちゃダメですか」

「アンチャン……アンタはこのコンパニルのトップじゃろうが。中心人物にもしものことがあれば伝達魔法の使い手もいなくなる」

「ああ、そうかあ……でも乗りたいなあ」

「アンタはまだやらなくちゃいけないことがあるだろ」

じいさんの言う通り、オレは忙しさのピークとも言える状態だった。

今オレは、異世界に転生してから一番充実した時間を過ごしていた。オレのアイデアでフォン版の〝心〟を作る作業、天翔機を天空に飛ばす作業……やりたいことが次から次へと湧き出てきて、それを実行している。これってつまり、多動力《たどうりょく》なのではと。

「んんん……？」

オレのとなりでフォンを見ていたムラトが、怪訝《けげん》な声を上げる。

「どうした、ムラト」

「いや……ちょっと気になることがあってな。オレたちのコンパニルが取引している銀行との連絡が、さっきから取れないんだ」

「伝達魔法に不具合でもあったのかな」

「そうかも知れない。今日は支払いをしなくてはいけない日で、ちょっと相談したいことがあって連絡しているのだけど」

そう言いながらムラトは、自分のフォンを何度も押している。

「うーん、やっぱりダメみたいだなあ」

「珍しくないか、伝達魔法に不具合があるなんて」

ムラトが不思議がるように、オレもあれ？　と思った。

異世界で生活を始めてから、伝達魔法がおかしくなったことは一度もなかったのだ。

オレはフォンを取り出し、開発作業を依頼している六人に連絡を取ろうとした――けれど、これも伝達魔法の不具合なのだろうか、彼ら全員と連絡が取れない。

「うーん、どういうことだろう」

ファン、ファン、ファン——と、遠くでサイレンの音。

「事故か事件じゃろうな」とじいさんが言う。どうやらオランジェラ国の警察のようだ。そういえば馬車のパトカーが巡回しているのを見たことがあった。

ファン、ファン、ファン——。

サイレンの音が近づいてくる。

「んん？　近くなのかのう」

ドックじいさんが河川敷を見まわす。目の前の大きな川はゆったりと流れていて、いたって平和な風景だった。ここにはオレたちしかいないし……って、あ、もしかして。

「なあじいさん。もしかして天翔機の燃焼実験って、警察の許可とか必要なのか？」

「んなぁこたぁねえよ。河川敷でワシはこれまで何度も実験してきた」

「でもさあ……どう見てもパトカーは、こっちに向かってるんじゃないかと」

遠くに現れた数台のパトカーは、赤いランプを回しながら土手の上を走ってくる。

「いやいや、何かの勘違いだろう。ワシらは何にも悪いことはしておらん」

「それもそうだけど」

ファン、ファン、ファン——。

オレたちの姿を認めたかのように、パトカーの群れは土手を下りてこっちに向かってくる。

「じいさん、やっぱりオレたちがお目当てなんじゃないのか」

「ワシらがお尋ね者だってか？　面白いじゃねえか」

「ハハッ、そうだな」

身に覚えのないじいさんはもちろん、オレもムラトも笑ってパトカーの接近を見ていた。

ファン、ファン、ファン……ファ……。

サイレンを止めたパトカーの群れは、ゆっくりとオレたちを取り囲んでいく。どの車両にも制服の警官が乗っていて、こっちを睨《にら》んでいるではないか。

「ねえムラト、オランジェラ国に『どっきり』ってある？」

「何だよ、それ？」

「有名人をダマして、それをカメラに撮影して……みたいな」

「コーイチはともかく、オレやドックじいさんが有名人か？」

「うーん」

完全停止した数台のパトカーから、ガチャ、ガチャ、ガチャとドアを開けて警官が出てくる。

「え、ウソだろ……」

全員が拳銃をオレたちに向けて、いつでも撃てる体勢を取っているではないか。

「手を挙げろ！」

ボスと見られる中年の男が叫んだ。

「ちょ、ちょっと待ってくれ。オレたちが何をしたって言うんだ」

「お前が大賢者コーイチだな」

「そうだけど」

「お前に逮捕状が出ている。撃ち殺されたくなければ、両手を挙げて神妙にお縄につけ！」

うわあ、何てベタな言い回しなのだろう……と客観視している場合じゃない。

「わ、わかった」

両手を挙げながら答える。

拳銃を構えた警官たちが、じわりじわりと近づいてくる。

「でも、教えてくれよ。逮捕って、オレが何をしたっていうんだ」

「しらばっくれるな！　この国を滅ぼそうとしても、そうはさせんぞ」

「オレが、そんな大それたことをするキャラに見えますか？」

近づいてくる警察官たちに語りかけるが聞いちゃいない。

わっと全員が襲いかかってくる。

「ちょ、ちょっとぉ、何するんですかぁ。オレは抵抗してませ――フグググっ！」

大勢の警察に身体を摑《つか》まれ、あっという間に地面に組み伏せられてしまう。河川敷の土と草の匂いが鼻に入ってくる。

「容疑者コーイチ、確保しました！」

叫んだ警官が、オレの両手を後ろに回して縄をかける。

「だからあ！　何をしたんだよ！　どうすればオランジェラ国を滅ぼすことができるんだよ！」

「やかましいわ！」

ボスがオレの前に座って、髪をグワッと摑んだ。

「テテテテ……」

「大賢者コーイチ、お前のせいで現在オランジェラ国は大混乱しているんだぞ。やらかした大罪を警察が見逃すと思うな……さあ、連れて行け」

「立て！」と身体を起こされて、後ろから押される。

ドックじいさん、ムラトが、狐《きつね》に摘まれたような顔でオレを見ていた。

「じいさん、ムラト……これは何かの間違いだ。オレは何もしてない」

「わかったよ、アンチャン。アンタを信じる」

「オレもだ、コーイチ」

「ありがとう」

二人は笑顔をオレに向けてくれた。信頼してくれている有り難さを感じた。

「余計なことを話すな。とっとと歩け！」

警官に怒鳴られ、パトカーに連れて行かれる。

オレは土手の方を見た。

燃料を取りに工場に戻っていったアイはまだ来ていない。彼女がもしここにいたら、敵対プログラムが発動していただろう。

いったい何だろう。ライーシに頼めば、何とかなるだろうか……。

そう願いながら連行されていった。

○

三十分後、オレは大賢者ライーシと対面することができた。

だがそれは、まったく期待できない展開になっていた。

「大賢者コーイチ……君には失望したよ」

「は？」

牢屋《ろうや》に入れられたオレの前に現れたライーシは、鉄格子の外からでそう言った。

警察に連行されると思ったが、到着したのは巨大企業ゴガイアだった。オランジェラ国の国政もライーシが引き受けているのだから当然と言えば当然かも知れない。

この牢屋も、ゴガイアの中にあるということだ。

「失望……って何のことですか、オレがあなたを失望させるようなことは、この異世界に来てから何一つしていません」

「身に覚えがない、と？」

「はい、誓って」

「これを見てもか」

そう言ってライーシは、持っていたフォンをオレにかざす。

「……これは？」

フォンの画面が真っ黒になっている。

「バッテリー切れのフォンを君に見せているのではない。このフォンのバッテリーは十分にあるからな……」

「…………」

オレはライーシの言いたいことがわからず、黙っている。

「黙秘か」

「そうではなく、フォンのトラブルを私に見せている意味が」

「ほう、まだ自覚がないとな……たいしたものだ。大賢者コーイチ」

静かな口調であるが、ライーシの声は震えている。こんなに上気した顔の彼を見たことがなかった。

「では君が、私の話が『まったくわからない』という前提で続けさせてもらう。オランジェラ国には百万台以上のフォンがあるが、今現在そのすべてが使えなくなっている」

「伝達魔法が使えないという意味ですか」

「私の伝達魔法Rに、そんなことが考えられると思うか」

「いいえ、大賢者ライーシ様なら、万が一のトラブルがあっても、すぐに復旧できるかと」

「それができていないのだ。いや……」

ライーシが大きく目を見開いて、オレを睨《にら》む。

「できないのではない、何者かが私の伝達魔法Rに不正アクセスして、その機能を停止させ、封じ込めているのだ」

「何と……」

オレは少し前の出来事を振り返る。

天翔機の燃焼実験の際、銀行と連絡が取れないとムラトが言っていた。それもつまり、伝達魔法が機能していないからだと……であれば、これはかなりヤバイことになる。

「大賢者コーイチ、君ほどの聡明《そうめい》さがあればもうお解《わか》りだろう。私も、自分の考えを改めなければならない。君はどうしようもない悪者であったと」

「それは、それは断じてありません」

「黙れ！」

ライーシの怒号が牢屋中に響き渡る。奥底からの怒りが発せられた声だった。

「伝達魔法Rは、私にしか扱えないものであった。それは利益を独占したいからではない。何者かに悪用される危険をわかっていたからだ。だがしかし大賢者コーイチ――君がこのオランジェラ国に現れて、またたく間に伝達魔法を修得したのを見て、私は君を信用したのだ。新たな大賢者の登場で、この国はもっとよくなると思ってな」

「ライーシ様……」

「残念だが、私の見識は間違っていたのであろう……申しわけない、コーイチ。責めるべきは君ではなく、君を信用してしまった私自身であったよ」

「いいえ、違います。ライーシ様の伝達魔法を乗っ取ったのは、私ではありません！」

「では誰の仕業だと言うのだ。伝えたのはコーイチ、君しかいないのだぞ」

「それは……」

オレは頭の中で記憶を高速回転させて検証して……。

「あ……」

「思い当たるのか」

「はい……実は〝心〟の開発作業を分業で行うべく伝達魔法を分散させ六人の者に……でも、伝達魔法を伝えたのは、それぞれ一部分でしたので、繋《つな》がりのない者同士が情報を持ち寄ったとは……考えにくく」

ライーシの伝達魔法Rを分散し、修業を挫折したヤシの元弟子たちに変換作業をやってもらっていた。彼らがそのカラクリを知ってしまったのか。

ライーシはしばらく俯《うつむ》いて考えていたが、オレを見据える。

「それが事実であっても、君の落ち度になる。取り返しのつかない事態だ」

「はい……申し訳ありません」

——ウィン、カシャ、ウィン、カシャ……。

牢獄《ろうごく》の端から、機械音が近づいてくる。

「あれは……」と、近づくものの正体をライーシは見極めた。

「大賢者……ライーシ……様」

——ウィン、カシャ、ウィン、カシャ……。

オレの牢獄の前に現れたのは、見覚えのある自動人形だった。確かこれは……。

「大富豪シェーラ様の……」

「自動人形よ。なぜお前がここに来るのだ」とライーシが目を見開く。

「……シェーラ様の……伝言をお伝えすべく……参りました」

コンペティションでは流れるような動き、流暢《りゅうちょう》な言葉を発していたイケメン執事型自動人形が、どういうことか様子がおかしい。

「大富豪シェーラ様が管理されている『魔法石』の制御システムが、伝達魔法の不具合により機能停止になったと……今すぐこれを復旧させねば……この……国が……」

ガン！　と自動人形は前のめりに倒れ、そのまま動かなくなった。

「…………」

ライーシも、自分が作った自動人形を見たまま動かない。

「どういうことですか、ライーシ様」

「フォンだけでなく、伝達魔法を用いたすべてに不具合が生じているのだ。この自動人形もしかりだ……コーイチ、伝達魔法を伝えた者たちを見つけないと」

その瞬間、ファン！　とライーシが手にしていたフォンの画面が光った。

――グフフフフ……。

――イッヒッヒ……。

聞き覚えのある二人の声がライーシのフォンから……。

「ま、まさか！」

嫌な予感がして、オレはフォンを覗《のぞ》く……画面に現れたのはやはり……。

「こーれは、これは、大賢者ライーシ様でいらっしゃいますな」

「どもー。ご無沙汰しております」

ペデックのイラック・ガネック兄弟が小さな画面内で笑っていた。

彼らの背後には──何と！

オレが〝心〟の開発作業を依頼していた、六人の男たちが縄で縛られているではないか。つまりオレがこの六人に分散させたライーシの伝達魔法を、イラック・ガネックは……。

ヤバイ……一番ヤバイ連中に、伝達魔法を渡してしまったことになる。

ライーシは何も言わずに彼らを見ている。

これは伝達魔法の〝ツブヤキ〟を使ったコミュニケーション機能だ。現実世界のスカイプのようなもので、こっちの顔も彼らには見えている。

「なるほど、黒幕のご登場ということか」

「黒幕だなんてぇ、ライーシ様ぁ」

「人聞きの悪いことを言わないでくださいよぉ」

「オレたちは、ペデックの経営者あらため……」

「大賢者イラック様、大賢者ガネック様でーす」

「イラック！　ガネック！　お前ら、大賢者ヤシの元弟子たちを誘拐して、ライーシ様の伝達魔法を乗っ取ったのか！」

「お、その声は大賢者コーイチ様ですかあ」

「さっき警察にしょっぴかれて行ったそうですけど、お元気ですかあ」

汚い笑い声がフォンから漏れてくる。

「汚い手を使いやがって！」

「よく言うよ、コーイチ」

「お前だって、こいつらから大賢者ヤシの伝達魔法を教えてもらったんだろ」

うっ、そのことに関しては文句が言えない。

「オレたちは気がついたんだよ。お前がいとも簡単に伝達魔法を扱える大賢者になったのには、カラクリがあるんだろうなって」

「大賢者ヤシについて調べたら、愚痴ってたこいつらが出て来たじゃねえか。ははん、コーイチはこいつら経由で伝達魔法を修得したんだろうなって」

「さらに、お前の元でライーシの伝達魔法を個別に操ってるのもわかってな」

「馬鹿だなー、コーイチ。お前は手を抜こうとしてアレコレやってたみたいだが、おかげでオレたちも簡単に伝達魔法を手に入れることができた」

――ギャハハハハ！

クッ、とオレは奥歯を噛《か》みしめるが、後悔先に立たずだった。

「あ、ちなみに言っとくけど、こいつら経由で大賢者ヤシの伝達魔法Yもオレたちはマスターしましたからあ。ヤシの伝達魔法Yでバックアップしようとしても、無駄だからな」

「そうそう、伝達魔法はすべて私たちの手中にあります」

――ギャハハハハ！

「イラック、ガネック――教えてくれ」

冷静さを失わず、ライーシは悪徳兄弟に語りかける。

「お前たちが、私の伝達魔法を乗っ取った目的は何だ」

「そりゃあ、もう決まってますがな」

「大賢者の私たちは、巨大企業ゴガイアに代わりオランジェラ国の権利を掌握するんですよ」

「ほう、そうか――では権利を掌握して、どうしたい？」

「巨万の富を手中に入れるのさ」

「そう、それはもう、ガッポガッポ」

――ギャハハハハ！

「ガッポガッポか……それはよかったな。で、それからどうするんだ」

「それから……って？　えーっと」

「これから考えますよ」

「つまりお前らは、伝達魔法で権利を得てガッポガッポ――それでいいんだな」

「…………」

「…………」

ライーシが繰り出す質問に、イラックも、ガネツクも答えられなくなる。

「そうしたければ、そうすればいいだろう。伝達魔法を乗っ取られた私にはもう、なす術はないのだからな。だがお前たち、よく聞くがいい。伝達魔法は諸刃《もろは》の剣と同じで〝志〟がない者が使うと、とんでもないことになる。今お前たちは私の伝達魔法を乗っ取ってオランジェラ国を掌握したように思っているが、こんな事態も想定して、私はある仕掛けを施していたんだよ」

「仕掛け？」

「何だそれ」

「第三者に伝達魔法が乗っ取られると、その機能は徐々に停止し、三時間以内にはすべて停止するんだ。私の言っている意味がわかるかね」

「…………」

「…………」

兄弟は、意味がわからずに顔を見合わせている。

「わからないようであれば教えよう。今しがた大富豪シェーラの自動人形がここにやってきてな。『魔法石』の制御システムが伝達魔法の不具合で機能停止になったそうだ。お前たちも『魔法石』が何かくらい、わかっているはずだ。制御システムが機能しない場合、液化しているエネルギーはどんどん温度が上昇して爆発する――あと一時間くらいで」

フォンの小さな画面内、愚かな兄弟が震えている。

「オランジェラ国の中心部はもちろん、各地にある『魔法石』のガスタンクはあと一時間くらいで次々と爆発するだろう。お前らが掌握してガッポガッポ——のこの国はもう間もなく消滅する」

「なっ、なんてこと」

「どうすればいいのですか」

「どうしようもできないよ。お前らに伝達魔法は乗っ取られ、お前らにも制御できないシステムになっているからな」

「ラ、ライーシ！　お前それでもいいのか」

「大賢者がそんなことを……無責任だぞ！」

「何を言ってるんだ。お前らも大賢者だろ。何とかしてみせろ」

「そんなこと言われても……」

「無理ですよぉ、オレたちには……」

さっきまであんなに威勢がよかった兄弟が涙声になっている。

「私だったら……そうだなあ、今開発中の天空に飛び立つ乗り物がゴガイア研究所の広場にあるから、あれでこの国から脱出して……あ、でもダメだ。伝達魔法が乗っ取られたのだから、あれはお前たちにしか動かすことができない」

——プツッ！

フォンの画面が真っ黒になった。兄弟が回線を切ったのだろう。

彼らのやりとりを牢の中で聞いていたオレは、事態の深刻さに震えていた。

だがライーシは——どういうわけか、笑っている。

「ライーシ様、なぜ笑っておられるのですか」

「あいつらの慌てぶりを見ただろ。間違いなくあいつらは、私が開発している乗り物に乗ってこの国から脱出を試みる」

「え、それを計算してあんなことを」

「伝達魔法を〝志〟なく使おうとするものは、この国には不要だからな」

それで笑っていたというのか。

「じゃあ、『魔法石』のガスタンクが爆発するというのは、あいつらをハメるためのウソで……」

「いや、それは本当だ」

「えええええ！」

どうしてそんな一大事に笑っていられるのだろう。

オレの驚きと疑念を、ライーシは察したようだ。

「大賢者コーイチ、君はこのオランジェラ国の危機を他人事のように捉えているが——この危機を救えるのは君しかいないのだぞ」

「え、オレですか」

「ああ、そうだ」

そう言ってライーシは自分のフォンを見せる。

「ヤツらに乗っ取られた私の伝達魔法Rは機能不全。それをバックアップする約束をしていた大賢者ヤシの伝達魔法Yも使えない状態だ。であればもう一つの、まだ乗っ取られていない伝達魔法で復旧させればいい――そのことにヤツらは気づいていない」

「オレの伝達魔法Kを使うのですね！」

「そう――ただし私の伝達魔法Rをオランジェラ国全域に繋いでいる各地の中継機も、ヤツらの手に落ちているから使うことができない」

ネットの回線が使えないということか。あ、でも！

「ライーシ様は天空にその中継機を据えるべく、ゴガイア製の天翔機を開発中だと聞きました」

通信衛星を制作中だということをオレは思い出した。

ライーシがうなずく。

「私のはヤツらにくれてやったが、君のコンパニルでもドックじいさんが、その天翔機とやらを制作中ではないか。あれはシステムが君の伝達魔法Kで作られているから、正常に動くだろう」

そうか、そういうことか。

オレは武者震いしていた。

この国――オランジェラ国は今、伝達魔法の機能不全でガス爆発の危機に陥っている。それをオレの伝達魔法Kで復旧させるべく、通信衛星を天翔機で飛ばすというのだ。

――ん、でも。

「ライーシ様、残された時間は？」

「あと一時間というところだろう。まずは私と君とで、伝達魔法Rを復旧させるプログラムを作り上げて、天空用の中継機に入れ込む」

「それをオレたちの天翔機に載せて飛ばせばいいのですね！」

「急ぐぞ、時間がない」

ライーシが牢屋の鍵を開ける。

「ここで今、ふたりで復旧プログラムを作り上げるのだ」

「はい！」

牢屋の壁に、二人が手をかざす。

壁に投影された二種類の伝達魔法を組み合わせて、復旧させるプログラムを作り上げていく。

二人が手を左右に動かすとソースコードが組み替えられていく。

——すごい……。

オレはライーシの手さばきを見ていた。

ライーシ自身の伝達魔法Rであれば、自分の言語で操作すればいいだけだが、彼は現実世界のオレのプログラムまで熟知しているようで、サクサクと組み替えているのだ。

「どうしたコーイチ、手が止まっているぞ」

「あ、はい。すみません」

我に返って、自分の伝達魔法Kを見る——その時、以前から思っていたことが蘇《よみがえ》ってきた。

「ライーシ様」

オレは手を動かしながら、彼に話しかける。

「何だ」

ライーシも手を休めずに返してくる。

「私が転生してくる前の世界なのですが、ある人物が伝達魔法に似たものを使い、しかもフォンのような、手に収まる機械を開発したのです。それはスマートフォンと言います」

「ほう、それで？」

「スマートフォンは人々の生活を一変させました。オランジェラ国の人々と同じようにコミュニケーションや買い物、ビジネスなどあらゆる場面で使われています……残念ながら、それを開発した人物は、八年ほど前に亡くなってしまったのですが……ライーシ様は八年ほど前にこのオランジェラ国に来られて、フォンを開発されたと聞きました」

「…………」

「私の思い違いでなければの話ですが、その人物もライーシ様と同じように黒いタートルのシャツに、青いパンツというファッションだったのです。もしかして……」

「そんな人物が君の世界にいたのか」

オレが横目でライーシをチラリと見ると――彼は笑みを浮かべていた。

「では私は、その人物に後れを取ったのかも知れないな。会ってみたいものだ」

それ以上、会話は続かなかった。いや、続けている余裕がなかったというのが本当だろう。

オレたちは三十分ほどで伝達魔法Rの復旧プログラムを作り上げ、中継機にそれを収めた。

「コーイチ、君たちの天翔機へ急ごう、あと三十分しかない」

「はい」

　オレとライーシは走り出した。

○

　ゴゴゴゴゴォオオオオ………。

　地鳴りのような轟音《ごうおん》を立て、天翔機が天空に舞い上がっていく。その様は、オレの現実世界におけるロケットの打ち上げと同じものだった。

　オレと大賢者ライーシは、それを一緒に眺めていたのだが……。

「あああ、落ちていく！」

　目視できるギリギリまで昇った天翔機は、放物線を描きながら落下していくではないか。

「そのようだな」

　ライーシは表情を崩さず、「自分の作った天翔機」を見ている。

「ライーシ様、大丈夫なのですか」

「大丈夫も何も……燃料は半分もなかったからな。あれでも頑張った方だ」

「じゃあ、イラック・ガネツク兄弟は……」

　あのまま墜落……ということになるのか。

「落下した際の脱出装置も装備してある。ヤツらがそれに気づけば助かるはずだ」

兄弟は、ライーシが仕向けた通り天翔機に乗って国外脱出を試みたのだった。本来ならば天翔機はゴガイアに厳重に警備されているのだが、あえてスルーさせたようだ。

そして今、彼らを乗せた天翔機は天空高く舞い上がって……落ちていく。

「あの方向だと海上に落下するだろう。お、上手《うま》くいったようだ」

天翔機から分離した脱出装置は落下傘を開き、ひらひらと遠くへ流れていく。

「水に浮くようになっているからな。あのまま海に着水して、あとは海流に流されてオランジェラ国から離れていくことになるかもな」

自動的に永久追放ということか……。

視線を地表に戻すと、オランジェラ国は大変なことになっていた。

オレとライーシは馬車で移動していたのだが、伝達魔法が乗っ取られたことで街の機能がマヒして大混乱になっていたのだ。おそらく国全体がマヒしているのだろう。「魔法石ガス」の爆発危機については、パニックを起こしかねないとして、知る者は限られていた。今はとにかく急がないと。

下町の土手を上がると、オレたちの天翔機が見えてきた。

オレは、自分のフォンを使ってアイに連絡していた。フォンはゴガイア製だったが、使用している伝達魔法Kは自分のものだったので、イラック・ガネツク兄弟の影響を受けていない。

アイも同様にオレの伝達魔法製だったので受信することができ、オレの依頼通りに動いてくれているはずだ。

「早く、早く来いっ！」

ドックじいさんとムラトが、天翔機の前で大きく手を振っている。彼らのそばにはアイ、それとガスタンクがあった。

オレとライーシを乗せた馬車が、土手を下りて彼らの元に到着する。

「このガスタンクは？」

「私が手配させてもらった。燃料は満タンだ」と、ガスタンクの陰から大富豪シェーラが現れる。

「シェーラ様……ありがとうございます！」

「礼を言うのは私の方だ、大賢者コーイチ。天翔機が飛ばなければあと十数分でオランジェラ国中のガスタンクは爆発してしまう——それと、こんな重いものを運んでくれた彼女にも感謝だ」

何と、アイが持ち前の怪力でガスタンクを運んでくれたという。

「おおいアンチャン、心配したぞ」

「疑いが晴れたようで、よかったよ」

「じいさん、ムラト、すみませんでした。とにかく今すぐ、この天翔機を打ち上げないと」

そう言ってオレは車から中継機を取り出した。

「これを天空に飛ばすのじゃな」

じいさんが興味深げに中継機を見ている。

「そう。この天空の中継機でオランジェラ国全土へ、復旧プログラムを送信する」

「で……アンチャン」

ドックじいさんが、天翔機を仰ぐ。

「こいつが正常に天空まで打ち上がる自信は……ないとまでは言わないが、まあ半々だ」

「ええ、わかってます。でもオランジェラ国の未来はこの天翔機にかかってますから」

「それと……アンチャン、本当にアンタが乗るのか」

オレはアイ経由で、天翔機に乗るのは自分だと言ってあった。じいさんは心配そうな顔をしているが、オレはもう腹を括《くく》っていた。

「アイに任してもいいんだぞ。天空はまだワシらにとって未知の世界だからな」

「未知の世界だからこそオレは行きたいんです。それにオランジェラ国の混乱はオレの責任でもあるし、伝達魔法Kはオレにしか扱えないものですから」

「コーイチ……アンタがいなくなったら、残されたアタシたちが寂しいじゃないの」

「マティルダさん」

いつの間にか宿屋の女将《おかみ》が来ていた。アイが呼んでくれたのだろう。

「大丈夫だよ、マティルダさん。オレは戻ってくる……もし叶《かな》わなくても、マティルダさんにはアイがいるじゃないか」

「そりゃそうだけど……絶対に戻ってきてね」

「ええ。とにかく今は一分一秒を争ってるんです。オレはもう行きますから……じいさん、頼む」

「あいよ、発射は任せとけ！」

じいさんの力強い返事をもらってオレは天翔機に歩み寄る。

発射台に据えられた天翔機は、シュウウウ……と下から細い煙を噴いていた。

現実世界のロケットはペンのようにスリムだが、じいさんのロケットは酒樽《さかだる》のように太っちょ、最上部だけが尖《とが》っている。赤銅色の胴体からして巨大なイチゴを思わせる形状だった。

その不恰好な形を見る限りでは、到底飛べるとは思えないシロモノだった。

大丈夫だろうか……不安でドキドキするが、今はもうやるしかない。

中継機を抱えて天翔機のドアを開ける。

内部はオレ一人がやっと入れる広さで、座席は現実世界のロケットと同じく仰向《あおむ》けに据えられてあった。

身体を横たえてドアを閉める。

耐熱ガラスで作られたドアの向こうに、みんなが見えた。

大賢者ライーシが。

大富豪シェーラが。

下町の発明家ドックじいさんが。

経理担当ムラトが。

自動人形のアイが。

宿屋の女将マティルダさんが。

みんなが心配そうな顔をしてオレを見ていた。

「大丈夫！　大丈夫ですから！」

オレは天翔機の中から叫ぶ。

《叫ばなくても、マイクを通して聞こえておる》
内部のスピーカーから、じいさんの声。
《さあみんな、あと一分で天翔機を打ち上げるから、土手まで下がってくれ！》
じいさんの指示が聞こえると、天翔機のまわりにいた人たちが遠ざかっていく。
――いよいよ、オレは本当に天空と呼ばれる宇宙へ飛び立つんだ。
――あ、この感覚。
過去の記憶を呼び醒ましていた。現実世界の会社、深夜残業で疲れたオレはこんな風に椅子に仰向けになって宇宙へ飛び立つ夢を見ていたのだ。
頬《ほお》をつねってみると……痛い。どうやら夢ではなさそうだ。
《発射四十秒前。アンチャン、計器に異常はないか？》
「OK、どれも異常はない」

――34、33、32、31、30……

自動カウントダウンが始まる。
ブン！　と背中に圧力を感じたのは、エンジンが稼働しているからだろう。
オレはひたすら念じる。
燃焼実験は上手くいっていたのだ。

本番だって大丈夫、大丈夫、大丈夫。

――14、13、12、11、10……

《コーイチ、ガンバレよぉ！》
《しっかりね》
ムラト、マティルダさんの声が、スピーカーを通して聞こえてくる。

――5、4、3、2、1……

《発射ぁあああああ……》

ドックじいさんの叫び声が、ゴゴゴゴ……うなる轟音にかき消される。

さあ、いくぞ。天空と呼ばれる宇宙に向けて、オレは飛び立つのだ。

……ン、ンンン？

どうしたことか、エンジンはゴゴゴと音を立て機体も振動しているのに、Gを感じない。

これは天翔機が動いていないということで……外を見ると景色はそのままだった。

《わあああああっ、しまったああああっ！》

ドックじいさんの叫び声。

「じ、じいさん、どうしたんだ！」

《天翔機を固定しているフックがっ、本当はとっくに外れているハズなのに！》

「それで天翔機が動かないのか！」

どうなる？

オレ、どうなるんだ！

固定されたまま、エンジンだけが天空に飛ぼうと出力を上げていく。

《まずい！　このままでは機体がもたない！》

「ええええええ！　どうすんだよぉ！」

何だよぉ！　こんな大事な時に、こんな情けない形で失敗してオレは天翔機もろとも爆発してしまうのかよぉ……。

と、泣きそうになっていると、噴き上がる煙の中に――人影が！

「ア、アイ……？」

オレの危機を察した自動人形のアイが、自らの危険を顧みず、エンジンが噴射している天翔機に駆け寄ってきたのだ。

「アイ、何してんだ！　危ないじゃないか」

自動人形といえども、天翔機の噴射を食らったら……。

「やめろアイ！　近づいたら、お前の身体が！」

《コーイチサマ！　ワタシガ！　タスケマス！》

フォンの回線を使って、アイがオレに話しかけてくる。

《コーイチサマ、ワタシヲ、ツクッテクレタ……ワタシニ、イロイロ、オシエテクレタ……コーイチサマ、ワタシノ、ダイジナ、ヒ……ト……》

アイが、オレの視界の下に消える。天翔機の下に潜りこんで、フックを外そうとしているのだ。

パチパチ……と爆《は》ぜる音と共に、下から黒い煙が立ち上る。

アイが、アイが燃えて……。

「あ、あああ……」

オレのために、こんなオレのために、アイは自分を犠牲にして……。

ガクン！　と天翔機が揺れる。

《やったぞ、フックが外れたぁ！》

ドックじいさんの叫ぶ声と同時に、グン！　と身体にGがかかる。

天翔機が上昇し始めたのだ。

《アンチャン、わかるか！　アイがフックを外してくれたおかげで、天翔機が発射したぞ！》

「あ、ああ、そうだな」

《ヤッタアアアアアーーーーー》

スピーカーを通してオレを見守ってくれている人たちの歓声が聞こえてきた。その中にマティルダさんの声はない。彼女が可愛がっていた自動人形の声も……。

グン！

さらにGが身体にのしかかる。

《高度二十メートル！　三十！　五十！　アンチャン、大丈夫か》

「は、はいっ！」

感傷に浸っている場合ではなかった。こうなればアイの思いも受け止めて、オレは絶対に天空に行ってやると腹に力を入れる。

Gはますますオレを座席にめり込ませる。

鼓動がハンパないことは、首から脳へ血液を押し上げる動脈のドクドクでわかる。

首すら動かすことができず、オレは眼球だけ動かして外を見る。

マンションの高層階くらいだったオランジェラ国の景色が、どんどん遠くなっていく。さっきまで仰ぎ見ていた雲をヒュンヒュンと突き抜けていく。


ゴゴゴゴゴォオオオオオ！


天翔機のエンジンは、休むことなくオレを天空へと押し上げていく。

機外、空の青が濃くなる。

今さっきまで見上げていた雲が、眼下に広がっている。白い絨毯《じゅうたん》が敷き詰められたような景色、その向こうに丸みを帯びた……って、これは地球の丸みじゃないか！

青い空と暗い宇宙との端境《はざかい》が、天翔機の中にいるオレの場所からよく見える。

こんな……こんな映像はテレビやネットでしか見たことがない。

いやいや、これは映像なんかじゃない！

この目でしっかりと見ている実像なんだ！

オレは今、天翔機で宇宙へと打ち上げられ、子供の頃からの夢だった宇宙飛行士となったわけで
……すごいぞ、オレ、すごすぎる。

数秒前までの緊張が、抑えきれない興奮に押しやられて、自分の感情がコントロールできなくなりそうだった。

これが、宇宙。

憧れていた宇宙。

そこに……オレは……いるんだ。


――コンコン！


ガラスを叩く異音がして、オレは再び眼球だけ動かして外を見る……。

「コーイチ、宇宙旅行は快適かしら？」

「ト、トリュフ！」

何てことだ。

ここはもう宇宙空間だろう。それにこの天翔機って、今どれだけのスピードなんだ？　それと一

緒に飛んでるってことは……。

「まったく、君は恐るべき猫耳美少女だよ」

「褒めてくれてるのね、ありがと」

「どこにでも現れるんだな」

「そう。アンタの想像の赴くままにね」

トリュフは涼しい顔をしている。

「ねえ、コーイチ。異世界はどうだった？」

ガラス越しにトリュフが聞いてくる。

「うーん」とオレはしばらく考える。

「あら、悩むような質問だったかしら。だとしたらもっと簡単な質問を……」

「違うんだよ、トリュフ」

彼女の言葉を遮る。

「その質問については、一言じゃ言い表せないんだ」

そうなのだ。

この異世界で得た数々の体験は濃密すぎて「楽しかった」とか、「大変だった」とか、安易な言葉で表せるほどシンプルなものではなかった。

「ウンウン、それでいい。それでいいのよ」

猫耳少女は笑顔でうなずいている。

「ねえ、コーイチ。異世界で初めてアタシと会った時、アンタ、何て言ってたか覚えてる？」

「遥《はる》か昔のことすぎて、もう」

「こんなコト言ってたのよ――異世界に転生したのだから、冒険者となってこの世界で冒険を繰り広げて……だから猫耳の美少女である君が従者として――ああ、キモい」

「だからオレ、君に罵倒されたんだよね――ざけんなって言ってるだろうがぁ！　このクソがぁああ！　ってね」

「異世界を現実逃避の場にしてるクソ野郎だったからね。口を衝《つ》いて出る言葉と言えば『無理、そんなの無理だってば……』ばっかりで」

「もぉ、勘弁してくれよ。それは反省してる」

「そうね、アンタは反省して――アタシのアドバイスを実行してくれた。いつの間にか無理って言葉も使わなくなったし」

「だから伝達魔法を修得して大賢者になり、コンパニルを立ち上げることができた」

「すべてアタシのおかげ？」

「そうです。その通りです」

「違うわ」

「え？」

「アタシは勘違いクソ野郎にアドバイスをしただけ。それを実践したのはコーイチ、アンタよ」

いつもドS的な言葉を投げつけてくるトリュフだったが、今は優しかった。

「ある意味で、お約束だらけのこの異世界をアタシはぶっ壊したいって言ってたよね。そのためにはアンタを調教して、多動力で運命を変えていく……それがちゃんとできたワケ」

「だからオレは今、宇宙にいるのかな」

「宇宙飛行士になるのが、アンタの夢だったんでしょ」

「うん、まあそうだけど」

「よかったじゃない。夢が叶って」

「君の言う通りに動いたから」

「動いたのはコーイチ、アンタよ。そのことだけは忘れないで。アンタは自分が今楽しむことを実践してきたの。それが今に結びついている——これからもね」


——これから？

その言葉に不安が首をもたげてきた。


「ねえ、トリュフ。オレさあ、こうして宇宙飛行士になってるわけじゃないか」

「そうね」

「異世界に転生して、夢を叶えたあと、オレはどうなるのかな」

「そんなの、決まってるじゃない」

「え、決まってるの？」

「アンタは、また新しいステージで冒険を始めるのよ」

「えっ」

トリュフが言った「新しいステージ」という言葉に、オレは戸惑う。

「ちょっと待ってくれ、トリュフ。新しいステージって何だよ。オレはまだこの異世界のオランジェラ国で活躍し始めたばかりじゃないか」

「コーイチ、アンタは冒険者でもあるのよ。それを忘れてない？」

「冒険者……」

「今、アンタの眼下に広がるオランジェラ国はアンタを受け入れて、そこでアンタは十分に冒険者として活動することができたのよ。であれば、ここにはもう用はない」

「いや、でも大賢者になったわけだし、まだドックじいさんたちとコンパニルでやりたいことが」

「あるのかしら……こうして天翔機ってロケットに乗って宇宙飛行士になったわけじゃない」

「ああ……」

オレは機外を見る。

ついさっきまで一緒に行動していた仲間たちがいるオランジェラ国の大地が広がっていた。

「そっか……オレはこの異世界での役目を果たしたってことか」

「アンタの冒険はこれからが本番よ」

「――そこでも、多動力を使えばいいんだろ」

「おー、成長したわねえ。これでもうアタシに噛みつかれることもないかしら」

「そうだね」

――アハハハ！

ガラス一枚を隔てて、オレとトリュフが笑い合う。

異世界オランジェラ国の天空――という宇宙空間で。

「さあ、コーイチ。そろそろ仕上げに入るわよ」

そう言ってトリュフは天翔機から離れていこうとする。

「トリュフ、ちょっと待って！」

オレは彼女を呼びとめた。

「また次のステージでも、君に会えるかな？」

「願っていればね。でももう……その必要はないか」

じゃあ、と手を振って、猫耳美少女はフワッと視界から消えていってしまった。

これで彼女とお別れなのか……と思うと切ない気持ちが込み上げてくるのだが……あ。

話に夢中になっていたせいか、自分の置かれた状態に気がつかなかった。

天翔機が発射してから、オレを座席に押さえつけていた力が消えていたのだ。

つまりここは……。

「やった……やったぞ！　天空にオレは来たんだ！」

一人、狭い天翔機の中でガッツポーズを決めていると、手前のスピーカーが「ガガガ」と音を発し始めた。

《おーい、アンチャン！　聞こえるかあー》

ドックじいさんの声だ。地上からの音声もクリアに聞こえている。

「こちら天翔機のコーイチ、聞こえます！」
《――やったあああ！》
複数の声がスピーカーをびりつかせている。その中にはこの人の声も。
《コーイチ、あんた天空に辿《たど》り着いたのね？　すごいわあ》
オレを褒めたたえているのはマティルダさんだった。
――ん、でも。
「マティルダさん。アイのことは残念でしたね。どうか気を落とさずに」
《それがねえ……大丈夫なんだって》
「ん、どういうことですか」
オレの疑問をドックじいさんが解説してくれる。
《アイはなあ、ワシのフォンにバックアップがあるんだよ。アンチャンがこれまで作ってくれた彼女の〝心〟もそのままにな》
「なるほど！　それでアイの身体さえ復元できれば」
《そう、あの子は何度でも生まれ変われる。マティルダの宿屋で永久雇用じゃよ》
《アッハッハ！》
複数の笑い声が天空に届けられる。
《コーイチ、聞こえるか？　ライーシだ》
「は、はい」

《天空到達を寿《ことほ》ぐのはそのくらいにして、肝心のミッションに入ってくれ》
「わぁ、そうでした」
オレは慌てて天空用の中継機を持ち上げる。
《異常はないか？》
「大丈夫です。ではオランジェラ国全土へ伝達魔法Rの修正プログラムを発信します！」
持ち上げた中継機のスイッチを押すと、赤いランプが点滅してウォン！　と震える。
よし行ける！
そう判断したオレは中継機をガラス窓に近づけ、遥か下に見えるオランジェラ国の大地に向けて、伝達魔法Rの修正プログラムを送信する。
《うん、よし！　フォンが正確に受信して……伝達魔法Rが再起動したぞ。成功だ！》
いつも冷静沈着なライーシが高揚した声を上げている。
《コーイチ、魔法石ガスの制御装置も復旧したそうだ》
大富豪シェーラの、喜びに満ちた声も聞こえてくる。
《アンチャン、やったな。お手柄だよ》
「じいさんのおかげですよ。ありがとうございます」
《なあに、ワシだけじゃない。みんなでオランジェラ国の危機を救ったんだ》
そうだと思う。
これはオレだけの偉業では決してない。この国を救おうとした人たちのおかげなのだ。

《コーイチ》
再び大賢者ライーシがオレを呼ぶ。
《地上に戻ってきたら、私と共に働こうではないか。君の伝達魔法Kを用いて、このオランジェラ国をよりいっそう素晴らしい国に……》
「大賢者ライーシ様……そのことなのですが、実はオレ、そろそろこの異世界から次のステージへ行くようなのです」
《何と……本当か》
「ええ、多分この天空から次へ行くのかと」
《大賢者コーイチ。君はまだオランジェラ国でやるべきことがあるだろう》
「そう思ったのですが、新しいステージに行くことは、冒険者であった私に課せられたミッションなのです。オランジェラ国には大賢者ライーシ様がいらっしゃいます。そこにいるドックじいさんらと共に、国の発展に力を発揮されますことを願っております」
《……そうか》
ふう、とライーシの溜息《ためいき》が聞こえる。
《ここで君とお別れ……か。それは残念だが、運命であれば仕方なかろう》
ライーシの言葉はお世辞ではなく、本当に残念そうな口調だった。
「短い間でしたが、お世話になりました。ドックじいさん、オレを天空へ飛ばしてくれてありがとうございました。マティルダさんも、ムラトも、大富豪シェーラ様も、今まで本当にありがとうございました！」
オレはマイクに向かって、感謝の言葉を伝える。
《アンチャン、達者でな》
《またオランジェラ国に来たら、泊めてあげるわよ♡》
《元気でな》
《魔法石の調達なら、また相談してくれ》
みんなの声が聞こえてきて、何か……ジワッとくる。
《……なあ大賢者コーイチ、最後にひとつ聞いてもいいか？》
ライーシが問いかけてくる。
「ええ、何なりと」
《大変失礼な話だが、初めて君に会った時、まさかここまで君が大成すると思っていなかった。それが今ではオランジェラ国を救う英雄にまでなっている。なぜ君はそれができたのか、君の人生の目的は何なのか——教えてくれないか》
「大賢者ライーシ様。今のオレには人生の目的とか、ゴールとかはないんです。ここまでできたのは、今を楽しむことに集中していたからであり、それをオレはこの世界で学んだだけのことです。それすなわち……」
オレは猫耳美少女——トリュフの顔を思い浮かべる。
「**多動力——面白そうと思ったことを片っ端からやる**ってことです」

○

——コーイチ、ねえコーイチ。
——早く目を覚まして。
——コーイチ、ねえコーイチ。
——お願い、目を覚まして。

ああ、またあの声が聞こえてきた。
オレは今、どこにいるんだろう？
さっきまで、天翔機に乗って異世界のオランジェラ国の天空にいたはずなのだが。
——コーイチ、ねえコーイチ。
——早く目を覚まして。

女性の声だった。
自動人形のアイか？
いや違う、アイなら「コーイチサマ」と呼んでくれる。

猫耳美少女のトリュフか？

いや、彼女なら「アンタ」って、オレを呼んでいる。

宿屋のマティルダさんか？

いや、確かに声質は近いのだが、あんな色っぽい声ではない。


――コーイチ、ねえコーイチ。

――早く目を覚まして。


異世界オランジェラ国に、オレをこんなに心配してくれる人がいただろうか。

オレは記憶をさかのぼる。

面白い、実に面白い異世界の旅だった。

確か、オランジェラ国に転生した時、オレは冒険者だったはずだ。

喜び勇んでいたものの、イラツク・ガネツク兄弟のコンパニルにダマされるように雇用され、便所掃除をさせられてたっけな。

そのあと、トリュフの導きで「やりたいことを片っ端からやる」という多動力を実践したことで伝達魔法を修得して大賢者になって……ああ、いろいろあったよなあ。

そして今、トリュフが言うところの「次のステージ」に移って、新たな冒険を始めることになると思うのだけれど。

——コーイチ、ねぇコーイチ。
——早く目を覚まして。

この声は、いったい誰なのだろう。
誰がオレを呼び続けているのだろう。
思えば、オレが寝ている時に、ずっとこうして呼んでいてくれたのだ。
寝ている？
オレは今、寝ているのか？
そう言えば、天翔機に乗っていた時のように、仰向けになっている感覚だった。
どこだここは？　ここが新たなステージなのか？
トリュフの言葉を信じるのなら、そうなのだろう。
あ……。
視界が開けて……。

——コーイチ、ねぇコーイチ。
——早く目を覚まして。

目の前に人の姿がぼんやりと浮かび上がる。

この人が次のステージで、ずっと呼び続けてくれたのだろう。

——ん。

記憶が戻ってきたぞ。

異世界にずっといたせいで、その記憶が断片的になっていたのかも知れない。

オレはゆっくりと目を開け、目の前の人物や、自分が置かれている状況に気づき始める。


「浩一《こういち》、ねえ浩一……あ……あああ！」

その声と、その顔を認めたオレは、ようやく相手に返事をすることができた。

「……母さん」

「浩一……目を……目を覚ましてくれたのね！」

オレの頬に冷たい感触。

真上にいた母さんの目から涙が、ポツ、ポツとこぼれていた。

「よかったあ……浩一。やっと目を覚ましてくれたのね」

オレは状況を把握すべく周囲を見回す。

母さんの背景は、白い天井、白い壁。

「母さん……ここは？」

「病院よ」

「何で、オレが病院に？」

「あなた何もわからないの？」

母さんは不思議そうな顔でオレを見ている。

「あなたは、会社から帰る途中で倒れたのよ」

「え、倒れたの？」

「深夜、家の近くの本屋さんに立ち寄っている時に、お店の中で」

そうだったか。

「突然倒れたから、お店の方が救急車を呼んでくれたのよ。その時からもう意識がない状態だったの——脳内出血だったって」

「ああ」

オレは、今となっては遥か昔の記憶を思い起こしていた。

遅くまで残業をして、最寄り駅の書店で異世界小説を物色していた時、目の前がグニャリと曲がって見えて、真っ黒い穴に吸い込まれていった……という。

あれは異世界の入口ではなかったのか。

「病院から連絡を受けたのは金曜日の夜中で、お父さんの車で駆けつけたのが朝で……」

車で三時間以上かかるはずだった。

「手術が終わって先生から、一命はとりとめましたが意識が戻るかどうかは……って言われてお父さんと二人で泣きながらあなたの横にいたのよ」

「それでオレは、ずっとここで……」

「声をかけ続ければ、いつか必ず意識が戻ると信じていたのよ……こうして二カ月近く、毎日、毎日、毎日……ああよかった。意識がもどって……」

母さんは今「二カ月近く」と言った。それはオレが異世界にいた期間と重なるのではと思ったが……でも、ここは現実の世界であり、オレは二カ月近くここにいたわけであり。

ん？

右手に違和感。

「何か横にあるけど」

「本を置いたの」

母さんは本を取り上げてオレに見せた。堀江貴文という著者名が印刷されている。

「浩一が本屋さんで倒れた時、ずっとこの本を握っていたんだって。救急車を手配してくれた店の方にお礼を言いに行った時に、その話を聞いたの」

その本を見ながら、オレは二カ月近く前のことを思い出していた。

異世界小説を物色しようとしてそのコーナーに行ったはずだ。なのにこの本が異世界小説の場所に置かれてて、それをパラパラとめくったのだ。

「あなたにとって大事な本だと思ったの。それであなたの脇に置いておいたのよ。意識が戻った時に読みたいんじゃないかって」

「そうなんだ……」

母さんが本を、渡そうとする。

——と。

本の間から、ハラリと紙片のようなものが落ちた。

栞《しおり》なのだろう——拾ったそれは細長い短冊状のもので、不思議な形状をしていた。上の部分が猫耳の形に切り抜かれているって……あ。

「あああ！」

「どうしたの浩一、大丈夫？」

母さんを驚かせてしまい「うん、大丈夫だよ」と安心させてから、オレは栞を凝視する。

この猫耳美少女のイラストは——トリュフだった。


——そっか。

——そういうことなんだ。


オレは現実を受け入れる覚悟をし始めている。

サービス残業の過労がたたり脳内出血で倒れ、書店から救急車で運ばれて一命をとりとめた。

母さんが呼びかけ続けてくれて、意識を取り戻したのだ。

その期間は二カ月近く——長い長い夢を見ていたわけだ。

情けない気持ちがじわじわと湧いてくる。

異世界に転生して繰り広げていた冒険は、こうして病院のベッドに横たわっていた時に見ていた夢にほかならなかった。これが現実。そう、現実だ。

でも、とオレは思う。

あまりにリアルな、ディティールに凝った夢は、オレを十二分に楽しませてくれたのも確かだ。栞になっている猫耳美少女のおかげで伝達魔法を手に入れ、現実世界の会社に相当するコンパニルを起業し、宇宙飛行士となってオランジェラ国の危機を救ったのだから。

そうだ——多動力だ。

たとえ夢であっても、この記憶は鮮明に残っているのだから、こうして意識を戻して現実に戻ったとしても、夢で学んだ多動力はこれから活《い》かせるのではと——うん、生きる気力が満ちてきた。

「浩一、どうしたの？　嬉《うれ》しそうね」

「母さん、何かオレ、生まれ変わったような気分だよ」

「そうなの……だったらよかったわよ。あなた、仕事が大変だったって、会社の方々から聞いていたから」

「会社の人？」

「社長さんまでお見舞いに来てくださったの。毎晩遅くまで残業してたそうじゃないの」

「ああ、そうだったね」

「浩一のことがあったから、社長さんがね、たいそう反省してくれたのよ。社員の健康管理をしっかりしますって……意識が戻らないあなたの脇でおっしゃってくれたの」

「社長が……」

それは有難いことだった。

サービス残業は自分だけの話ではなかったからだ。

これで会社全体の意識が変わればいいと思う。

「でも浩一、あなたはもう辞めるんじゃないの。ここまで身体を悪くしたのだから」

「それなんだけど、母さん。今の会社で頑張ってみるよ」

「大丈夫なの」

「ああ、社長自ら働き方改革をしてくれるんだろう。だとしたら働いているオレたちも、それに応えなきゃいけないと思うし……それに、仕事は自分の考え方でいくらでも変えられる」

そう。

オレは数々の多動力スキルを学んだのだ。それを思い出してみる。

《自分の時間を生きるためには仕事を選ぶ》

本当にイヤだと思ったら、その時は辞めればいい。だがそれは多動力で改善できるだろう。

《知らない情報や知識は恥ずかしがらずに聞けばいい》

仕事はオレ一人でやっているわけではないのだ、上司や同僚、後輩にだって聞けばいい。

《発明が生まれたら、それを共有して新しい発明を積み重ねる》
何年もの修業はいらない。共有した情報でスキルアップは可能なのだ。

《ひとつのことにサルのようにハマってみよう》
やりたいコトは仕事の中から見つけられるはずだ、それを突き詰めていこう。

《よく寝る。ストレスはためない》
二カ月近くも寝てきたのだ（笑）。ストレスは発散すればいいだろう。

《人生に目的なんかない。今を楽しみ、やりたいことを片っ端からやる》
まさにそうだ。それこそ、生き返ったオレが実践することだ。

まだまだあるな……夢の中の異世界で学んだことが、次々と浮かび上がる。
意識をなくしている間の、濃密な冒険だった。
猫耳美少女トリュフの言葉を信じるならば、オレは今、異世界オランジェラ国からこの現実世界という「次のステージ」で、新たな冒険を始めることになる。
夢は夢でしかないけれど、そこで得た多動力はこれからも活かせそうだ。
だとしたら現実世界でやりたいことをやるだけ……。

——コンコン。

病室のドアをノックする音。

「鈴木《すずき》さん、意識が戻ったんですね！」

白衣を着た医師と看護師が、晴れやかな顔をして入ってくる。母さんがナースコールを押したのだろう。

「先生……ありがとうございます。おかげさまで……」

「お母さん、よかったですね！」

再び涙ぐむ母さんに医師が声をかけ、それからオレを見た。

「鈴木さん、気分はいかがですか」

「ええ、絶好調です！」

オレの返事に皆が笑う。

「それはよかった——ちょっと診《み》させていただきますね」

医師はオレの布団を剝がし、聴診器を胸に当てる。

「心臓、呼吸器は問題ないですね。では血圧を測らせていただきます」

医師がオレの右手を取ると、寝間着で隠れていた部分が露出する。

「あっ……」

息が止まりそうになる。
肘から手首までの間に見えたもの、それは……。

トリュフに噛まれた、無数の歯形だった……。

CHECK 多動力 WORDS OF CHAPTER 5

◆人生にゴールや終着点なんてあってたまるか。

エピローグ

宇宙飛行士になるのが夢だった。

そして今〝夢に近づく瞬間〟がやってきた。


初夏の北海道の風はまだ冷たかったが、眠い頭をシャキリとさせるには好都合だった。

現時刻は早朝5時44分。

早い時間にもかかわらず、打ち上げを見ようと大勢の人たちが集まっているという。

太陽は既に昇っており、発射を待つ小型ロケットは長い影を伸ばしていた。

「発射1分前」

管制指令室の責任者が告げると、カウントダウンが始まる。

——来た！

——ついにこの時が来た！

オレは冷静を装いながら、身体の震えを止められないでいる。

「鈴木《すずき》、制御システムに異常はないか？」

「はい、問題ありません！」

ハッキリとした口調でオレは返事をしたが、自分でも声が震えているのがわかった。


――54、53、52、51、50……


オレは、これまでのことを考えていた。

脳内出血で倒れ、二カ月近く意識のないまま病院のベッドに横たわっていたが、奇跡的に目を覚まし、その後のリハビリも順調にこなして退院、復職を果たした。

担当業務は同じ――であれば以前以上にやる気を出して、結果を出せば会社に評価してもらえるはずと、「無理、無理だって」を連呼していたネガティブな自分を反省して仕事に勤《いそ》しんだ。もちろん健康第一だから休養はきちんと取っていた。

倒れる前は毎日の深夜残業に愚痴ってばかりの毎日だった。けれどそれだけでは何も解決はしないのだ。与えられたミッションをしっかりこなし、成果を上げれば会社は認めてくれるし、愚痴を言っているヒマがあれば社内の人たちとコミュニケーションを取って仕事を円滑に進める方がいい。そうしていれば効率も上がって残業だって前ほどひどくなくなった。

はたして復職後、やる気が認められたオレは――この場所にいる。

複数の会社による宇宙開発ビジネスに、オレの会社もシステムで参加することになった――というか「参加しましょう！」と会社に粘り強く提案し続けたのはオレだった。

宇宙ビジネスは研究開発が収益につながりにくい難しさはあるが、数十兆円規模の産業創出が見込まれているのだから、情熱が消えることはない。人々の注目やクラウドファンディングの金額からしても間違いはないのだ。

――34、33、32、31、30……


ロケット発射まで三十秒を切った。

今、日本中の……いや、世界中の人がオレたちのロケットに注目している。

民間の小さな会社が、数度の失敗を経て、高度百キロメートル上空に向けて小型ロケットを打ち上げようとしているのだ。成功すれば快挙であることは間違いない。

ＩＴ企業のシステムエンジニアだったこのオレが、今、ロケットを飛ばす一員になっている。

こんなこと、誰が想像できただろうか。

オレ自身、こんなことになるなんて想像していなかった……。


――14、13、12、11、10……


カウントダウンの中、冷静に考えてみる――何でオレは、こんなことができているのか？

宇宙飛行士になりたかったのは確かに合っている。

現実はシステムエンジニア。病気で倒れ、二カ月近くも意識が戻らなかったのだ。

意識のない間、オレは異世界に転生していた――って、こんなことを言っても誰も信じてくれないだろうから、誰にも言っていない。でもオレは信じている。だって、オレの腕には猫耳美少女に噛《か》まれた歯形がくっきりと残っていたのだから……。

異世界で体験したことは、オレの人生を大きく変えてくれた。しがない社畜SEだと卑下していた自分が、トリュフと出会い、彼女から多動力《たどうりよく》を教わったことで次々と異世界での人生が拓《ひら》けていったのだ。

次のステージで新しい冒険が始まる――トリュフの言葉通りだった。

元の世界に変わりはなかったが、オレ自身が変わったのだ。

今は管制室からロケットを見ているだけだが、きっといつか、オレはドックじいさんの天翔機《てんしようき》に乗った時のように宇宙へ飛び立てると信じている。


――9、8、7、6、5……


自動音声に交じって、見学者たちのカウントダウンも聞こえてくる。

オレたちのロケットは、多くの人たちの夢や希望を乗せて、宇宙へと飛び立つ。

なあ、トリュフ……君は今、どこかで見てくれているだろうか？

君に噛まれた歯形を見ては、オレは異世界のオランジェラ国での冒険を思い出し、君から教わった多動力をこの現実世界でも駆使して、やりたいことを思いっきりやっているよ。

――4、3、2、1……ゼロ！


ゴゴゴゴゴ……と凄《すさ》まじい轟音《ごうおん》。煙を吐き出して、小型ロケットがゆっくりと地上を離れる。

「よぉし、行けえええっ！」

叫ぶような声。オレも同じように叫んでいた。

ゴゴゴゴゴゴゴゴッ……。

期待に応えるようにロケットは力強く上昇を続け、またたく間に青い空のかなたに消えていく。

――ワアアアアッ！

大観衆の歓声と拍手が遠くから聞こえてきた。

「高度百キロ、打ち上げ成功です！」

――ヤッタアアアア！

管制室にいた全スタッフが抱き合って、絶叫している。

ロケットが見えなくなった空を見ながら、オレはそっと感動の涙を拭った。

やったぞ！

夢へ近づいたぞ！

やりたいことを片っ端からやることが大事なんだ。だからこうして成功したんだ。

これからも——オレは多動力で生きる。

あとがき

二〇一七年に発刊した『多動力』（幻冬舎刊）は、三十万部を超えるベストセラーとなった。

その後『マンガで身につく多動力』『英語の多動力』といった関連書籍が次々発刊となり、僕自身その反響に驚いているが、今を生きるバイブルとして多動力が必要とされていることをあらためて実感している。


僕自身、子供の頃にそうだったのだが、「多動」とは「落ち着きのない子」という意味合いで、ネガティブワードのように捉えられてきた。

それが僕の『多動力』の影響でポジティブワードに変わりつつある。

「これまで『あなたは落ち着きがない』『いろんなことに手を出しすぎ』と言われてきたけど、堀江さんの『多動力』を読んで、生き方がポジティブになりました」

そういう言葉が寄せられるのを聞くと上梓してよかったとつくづく思う。小学校のクラスに多動な子がいたとしても、それはもう普通のことなのだ。「君たちは、そのままで生きていいんだよ」ということを、今後も伝えていきたいと思う。

また先日、数多《あまた》のヒット曲や番組、プロジェクトを産み出す、作詞家でありメディアプロデューサーの秋元康さんから、こんな言葉をいただいた。

「ホリエモン、まだまだ足りないよ。もっともっと本を出せ」

何でかと問うと、

「ピカソが何であんなに有名なのかわかるか？　作品の点数がほかの画家に比べるとケタ二つぐらい違うからだ」とのこと。

超多作な秋元さんの言葉には説得力があると思った。

量を出さないと質は向上しない。

量を出していくと法則性も見えてくる。

思ってもみなかったヒットが出てくる。

数を打たないと正解が見えない。やってみないと分からないことも多い。

だから多動力を使って、僕は月に二冊ずつくらいのペースで本を出している。


そしてこの度、『小説 多動力』を上梓することになった。

秋田書店『週刊少年チャンピオン』五十周年記念企画の一環として文芸エンタテインメントシリーズを立ち上げることになり、僕に声がかかったのだ。

「堀江さん、多動力で〝堀江流異世界ファンタジー小説〟を書いてみませんか？」

この提案に最初は戸惑った。ライトノベルは少し読んだことがあったが、異世界ファンタジー小説は読んだことがなくて、その世界観もわからなかった。

編集者に話を聞くと、異世界ファンタジー小説の読者は《若いと思いきや、二十代から三十代の男性も多く、サラリーマンが週末に現実逃避をすべく読み耽っている》という。これは僕の本を読んでくれている年代と重なる部分が多い。

さらに異世界ファンタジー小説の内容について聞くと《転生したらすべてがリセット、努力する必要もなく、異能力を与えられ、世界を救って一躍英雄に……》と、お気楽な展開が多いという。読んでいる本人が満足なら、それでいいんじゃないかと僕は思う。けれど、彼らの理想を現実で実現させるのは大変だろう。(だから異世界に現実逃避するのだろう)

これまで小説は三冊出している。僕のファンならご存じかと思うが『拝金』『成金』『錬金』のシリーズだ。この三冊は、僕が体験してきたIT業界のリアル、パソコンの歴史などを多くの人に共感してもらいたいと思って書いたものだ。小説というフィクションにすることで、僕ではないアバター的な存在を通して追体験してもらえたと思う。

ならば依頼を受けた異世界ファンタジー小説も、僕が実践している多動力を使って主人公が世界を救い、英雄になるようにと考えた。

読んでいただいた方はおわかりかと思うが、異世界でも現実に近い設定にしてある。FAANG

的企業が幅を利かせ、主人公はブラック企業に酷使されているのだ。

多動力の化身的存在であるトリュフという猫耳美少女が、主人公のコーイチをドSチックに教育していくことでコーイチは多動力を身につけていき、最後は異世界のピンチを救う——これもフィクションにほかならないが、ご都合主義の従来の異世界モノに比べ、かなり実践的なノウハウが要所要所で太字でちりばめられており、本家の『多動力』を未読の方でも、そのエキスは感じ取っていただけると思っている。

なお異世界での出来事は現実の科学的根拠と差異がある部分もあるが、あくまでエンターテインメントとして楽しく読んでいただきたい。天翔機と呼ばれるロケットや〝心〟と呼ばれるAIなどについて言及したが、これらはあくまでもフィクションである。現実世界のそれらと読み比べていただければと思う。

多動力の展開は今後もどんどんやっていくつもりだ。メディアミックスのコンテンツとして、今後も様々な形でお届けしようと思っている。

異世界ファンタジー小説という、さらっと読めて楽しめる形式で多動力を追体験し、現実世界で活かしていただければ幸いである。

二〇一九年七月

堀江貴文

Novel

堀江貴文 *Horie Takafumi*

1972年福岡県生まれ。実業家。SNS media&consulting株式会社ファウンダー。現在は自身が手掛けるロケットエンジン開発を中心に、スマホアプリのプロデュースを手掛けるなど幅広い活躍をみせる。主な著作に『多動力』、『僕たちはもう働かなくていい』、『10年後の仕事図鑑』（共著・落合陽一）、『情報だけ武器にしろ。　お金や人脈、学歴はいらない!』など。

APeS Novels

APeS Novels（エイプス・ノベルズ）は、
株式会社秋田書店、株式会社パルプライド、株式会社誠文堂新光社の三社協業によって構築した小説を中心とする読み物を創り出すレーベルです。
常に進歩し多様化するエンターテインメントを追求し、あらゆる世代、あらゆる趣味嗜好をお持ちの読者の方々に娯しんでいただける、新しい活字メディアを創造していきます。

企画協力　株式会社 秋田書店
制作・編集　株式会社 パルプライド

APeS Novels（エイプス・ノベルズ）

好《す》きなことだけやりきったら、ロケットだって宇宙《うちゅう》へ飛《と》ぶはず！

小説《しょうせつ》　多動力《たどうりょく》

NDC913

2019年8月16日　発　行

著　者　堀江貴文《ほりえたかふみ》
発行者　小川雄一
発行所　株式会社　誠文堂新光社
〒113-0033　東京都文京区本郷3-3-11
（編集）電話 03-5800-5776
（販売）電話 03-5800-5780
http://www.seibundo-shinkosha.net/

印刷所　星野精版印刷 株式会社
製本所　株式会社 ブロケード

ISBN978-4-416-71927-5